Emanuel Geibel

Gedichte

Emanuel Geibel

Gedichte

ISBN/EAN: 9783741130687

Hergestellt in Europa, USA, Kanada, Australien, Japan

Cover: Foto ©Andreas Hilbeck / pixelio.de

Manufactured and distributed by brebook publishing software
(www.brebook.com)

Emanuel Geibel

Gedichte

Gedichte

von

Emanuel Geibel.

Zweiundsiebzigste Auflage.

———

Stuttgart.

Verlag der J. G. Cotta'schen Buchhandlung.

1873.

An Clara Kugler.

Wie lieblich fließt durch grüne Tannen
Auf Böhmens Höh'n der Sonne Strahl!
Durch's Dickicht rauscht das Reh von bannen,
Durch Felsen blinkt der Quell ins Thal,
Und fern zu blauen Bergeswarten
Verliert sich träumend Aug' und Sinn,
Du aber wandelst durch den Garten
In stiller Anmuth lächelnd hin.

Und wie dein Blick mit leiser Frage
Sich freundlich zu dem meinen neigt,
Da muß ich denken jener Tage,
Die mir zuerst dein Herz gezeigt;
Da ich, ein ungestümer Knabe,
Von dunklem Jugenddrang bewegt,
Der ersten Lieder frühe Gabe
Schamroth in deine Hand gelegt.

Ach, damals klang's mir leise wieder
Was ich voll Sehnsucht vorgefühlt,
Und flatternd irrten meine Lieder,
Wie wenn der Wind in Saiten wühlt.
Noch schwankte vor dem jungen Herzen
Die Welt mir wie ein goldner Traum;
Allein den Abgrund aller Schmerzen,
Der Freuden Gipfel ahnt' ich kaum.

Doch anders ward es. Leid und Wonne,
Nun hab' ich sie zum Grund erprobt;
Mich hat versengt des Südens Sonne,
Mich hat des Nordens Sturm umtobt.
Ich trank der Liebe vollsten Sprudel,
Ich weint' um die verlorne Lust;
Doch in des Lebens wildem Strudel
Ward ich des Zieles mir bewußt.

Wenn draußen der verworrne Reigen
Des Tages laut und lauter scholl,
Lernt' ich zum Born hinabzusteigen,
Aus dem mir ew'ge Klarheit quoll.
Mir spielte wie mit kühler Schwinge
Um's Haupt der Odem der Natur,
Und einsam den Gesang der Dinge
Vernahm mein Ohr aus Wald und Flur.

Da ward es hell mir im Gemüte,
Ich sah durch Eines Geistes Wehn
Der Zeiten Schritt, der Blumen Blüte
In heil'ger Ordnung wechselnd gehn;
Ich sah den Tod das Sein gebären,
Den Einklang hört' ich durch im Zwist,
Und ahnend lernt' ich tief verehren
Das Wunder dessen, was da ist.

Was so im Busen ich getragen,
Was ich gekämpft, verfehlt, ersiegt,
Das laß dir nun dieß Büchlein sagen,
Drin meine Seele vor dir liegt.
So nimm es hin! Und wuchert munter
Manch buntes Unkraut auch noch heut:
Schon sind die Erstlingshalme drunter
Der Ernte, die mein Leben beut.

Marienbad, im Julius 1846.

Inhalt.

Erstes Buch.

Lieder.

Zweites Buch.

Sonette und Distichen.

Drittes Buch.

Neue Sonette.

.

Viertes Buch.

XIV

Erstes Buch.

Lübeck und Bonn.

1834—1835.

Rheinsage.

Am Rhein, am grünen Rheine,
Da ist so mild die Nacht,
Die Rebenhügel liegen
In goldner Mondenpracht.

Und an den Hügeln wandelt
Ein hoher Schatten her
Mit Schwert und Purpurmantel,
Die Krone von Golde schwer.

Das ist der Karl, der Kaiser,
Der mit gewalt'ger Hand
Vor vielen hundert Jahren
Geherrscht im deutschen Land.

Er ist herauf gestiegen
Zu Aachen aus der Gruft
Und segnet seine Reben
Und athmet Traubenduft.

Bei Rüdesheim da funkelt
Der Mond in's Wasser hinein
Und baut eine goldne Brücke
Wohl über den grünen Rhein.

Der Kaiser geht hinüber
Und schreitet langsam fort,
Und segnet längs dem Strome
Die Reben an jedem Ort.

Dann kehrt er heim nach Aachen
Und schläft in seiner Gruft,
Bis ihn im neuen Jahre
Erweckt der Trauben Duft.

Wir aber füllen die Römer
Und trinken im goldenen Saft
Uns deutsches Heldenfeuer
Und deutsche Heldenkraft.

Zigeunerleben.

Im Schatten des Waldes, im Buchengezweig
Da regt sich's und raschelt's und flüstert zugleich;
Es flackern die Flammen, es gaukelt der Schein
Um bunte Gestalten, um Laub und Gestein.

Das ist der Zigeuner bewegliche Schaar
Mit blitzendem Aug' und mit wallendem Haar,
Gesäugt an des Niles geheiligter Flut,
Gebräunt von Hispaniens südlicher Glut.

Um's lodernde Feuer im schwellenden Grün
Da lagern die Männer verwildert und kühn,
Da kauern die Weiber und rüsten das Mahl,
Und füllen geschäftig den alten Pokal.

Und Sagen und Lieder ertönen im Rund,
Wie Spaniens Gärten so blühend und bunt,
Und magische Sprüche für Noth und Gefahr
Verkündet die Alte der horchenden Schaar.

Schwarzäugige Mädchen beginnen den Tanz;
Da sprühen die Fackeln in röthlichem Glanz,
Heiß lockt die Guitarre, die Cymbel erklingt,
Wie wilder und wilder der Reigen sich schlingt.

Dann ruhn sie, ermüdet vom nächtlichen Reihn;
Es rauschen die Wipfel in Schlummer sie ein,
Und die aus der sonnigen Heimath verbannt,
Sie schauen im Traum das gesegnete Land.

Doch wie nun im Osten der Morgen erwacht,
Verlöschen die schönen Gebilde der Nacht;
Laut scharret das Maulthier beim Tagesbeginn,
Fort ziehn die Gestalten. — Wer sagt dir, wohin?

Einer jungen Freundin.

(Mit Gedichten.)

Es kommt dies Büchlein zu dir fein
Und möchte gern dein Garten sein.
Zwischen den Blumen, die ihn zieren,
Führ' deine Gedanken hübsch spazieren.
Wirst manches finden, was dich freut:
Rosen im dunkeln Grün verstreut,
Nelk', Apfelblüth' und Rosmarin,
Und Falter, die dazwischen ziehn;
Auch alte Wipfel leis' und lind
Gerührt vom lauen Sommerwind.
Und kommt dir's manchmal vor beim Lauschen,
Als sei dir wohlbekannt das Rauschen,
So denk', was rauscht und klingt und blüht,
Das ist am Ende mein Gemüth.
Und bist du größer, wirst du sehn,
Daß zwischen den Rosen auch Disteln stehn.
Zürn' aber drum dem Gärtner nicht;
Er ließ sie bei den Blumen licht,
Damit die Esel und Recensenten
Für sich doch auch was finden könnten.

Der Knabe mit dem Wunderhorn.

Ich bin ein luſt'ger Geſelle,
Wer könnt' auf Erden fröhlicher ſein!
Mein Rößlein ſo helle, ſo helle,
Das trägt mich mit Windesſchnelle
In's blühende Leben hinein —
    Trarah!
In's blühende Leben hinein.

Es tönt an meinem Munde
Ein ſilbernes Horn von ſüßem Schall,
Es tönt wohl manche Stunde,
Von Fels und Wald in der Runde
Antwortet der Wiederhall —
    Trarah!
Antwortet der Wiederhall.

Und komm' ich zu feſtlichen Tänzen,
Zu Scherz und Spiel im ſonnigen Wald,
Wo ſchmachtende Augen mir glänzen
Und Blumen den Becher bekränzen,
Da ſchwing' ich vom Roß mich alsbald —
    Trarah!
Da ſchwing' ich vom Roß mich alsbald.

Süß lockt die Guitarre zum Reigen,
Ich küsse die Mädchen, ich trinke den Wein;
Doch will hinter blühenden Zweigen
Die purpurne Sonne sich neigen,
Da muß es geschieden sein —
    Trarah!
Da muß es geschieden sein.

Es zieht mich hinaus in die Ferne;
Ich gebe dem flüchtigen Rosse den Sporn.
Ade! Wohl blieb' ich noch gerne,
Doch winken schon andere Sterne,
Und grüßend vertönet das Horn —
    Trarah!
Und grüßend vertönet das Horn.

Pergolese.

Endlich ist das Werk vollendet,
Und der fromme Meister sendet
Seinen Dank zu Gottes Thron;
Da erbraust in prächt'gen Wogen
Durch des Domes stolze Bogen
Schon Gesang und Orgelton:

Stabat mater dolorosa
Juxta crucem lacrymosa,
Dum pendebat filius,
Cujus animam gementem
Contristatam ac dolentem
Pertransivit gladius.

Und der Gottesmutter Schmerzen
Rühren mächtig Aller Herzen,
Wie die Orgel tiefer schwillt;
Doch in schönen Himmelstönen
Muß sich selbst die Qual versöhnen,
Und der Wehmuth Thräne quillt.

Quis est homo, qui non fleret,
Christi matrem si videret,
In tanto supplicio;
Quis non posset contristari,
Piam matrem contemplari
Dolentem cum filio!

Frommer Schauer, heil'ges Bangen
Hält des Meisters Seel' umfangen,
Todesahnung ernst und mild;
Doch in gläubigem Vertrauen
Sehn wir zum Altar ihn schauen
Auf der Jungfrau Gnadenbild.

Virgo virginum praeclara,
Mihi jam non sis amara,
Fac me tecum plangere,
Fac ut portem Christi mortem
Passionis fac consortem
Et plagas recolere.

Horch! Da tönen Seraphslieder
In den Chor der Frommen nieder,
Wunder ahnend lauscht das Ohr;
Erdwärts steigen sel'ge Geister,
Tragen himmelan den Meister,
Und das Lied rauscht mit empor:

Fac me cruce custodiri,
Morte Christi praemuniri,
Convoferi gratia;
Quando corpus morietur,
Fac ut animae donetur
Paradisi gloria.

Rothenburg.

Der Dichter kommt mit leichtem Muth gezogen,
Durch grüne Triften und durch Korneswogen;
Da steigt vor ihm auf wald'gem Bergeskranze
Ein Schloß empor im Abendsonnenglanze.

Bald ist der steile Gipfel kühn erklommen,
Bald hat den Gast der Burghof aufgenommen;
Dort stehn als Wächter, eingelullt in Träume,
Die alten blüthenduft'gen Lindenbäume.

Des Thores Wölbung ist in Schutt zerfallen,
Und ungehindert tritt er in die Hallen,
In die mit goldnem Strahl die Sonne schauet,
In die von oben klar der Himmel blauet.

Auf einen moos'gen Stein setzt er sich schweigend,
Er stützt das Haupt, es in die Rechte neigend,
Und läßt in freiem Spiele die Gedanken
Sich mit dem Epheu um die Trümmer ranken:

„Du altes Schloß, wie bist du still geworden,
Und schollst so laut einst von der Lust Accorden!
Wie ist der helle Schmuck dir abgefallen,
Und glänztest einst das herrlichste von allen!

Hier fanden sonst zu Spiel und luft'gem Feste
In buntem Schwarm sich hundert edle Gäste;
Kein hoher Wandrer zog vorbei der Stätte,
Der unter deinem Dach geruht nicht hätte.

Nun spielen in des Windes leisem Kosen
Hollunderſträuche nur und wilde Rosen,
Und nur der Sonne, nur des Mondes Schimmer,
In deinen Hallen raſten ſie noch immer.

Hier ſtürzte ſich in raſchen Melodien
Trompetenjubel von den Gallerien,
Die Schleppen rauſchten und die Sporen klangen,
Wenn ſich im Fackeltanz die Paare ſchwangen.

Jetzt hörſt du nur das Lied der Nachtigallen
Aus den umbüſchten Mauerblenden ſchallen;
Leuchtkäfer laſſen mährchenhaft im Dunkeln
Dazu den lichten Reigen nächtlich funkeln.

Einſt ſchmückten Scharlachdecken dieſe Wände,
Durchwirkt mit lautern Goldes reicher Spende;
Vom grauen Thurme wehten bunte Fahnen,
Die ſtolzen Zeichen der erlauchten Ahnen.

Nun läßt der Himmel seine Purpurgluten
In vollen Strömen um die Trümmer fluten,
Und von den Zinnen seh' ich Epheuranken,
Vergänglichkeit, dein grünes Wappen, ſchwanken.

Dort vom Altane sah im Abendstrahle,
Des Burgherrn ros'ge Tochter wohl zu Thale,
Und barg geheimnißvoll im reinen Sinne
Den ersten süßen Blüthentraum der Minne.

Nun quellen Rosen aus des Söllers Spalten,
Die eben den verschämten Kelch entfalten,
Und Schmetterlinge seh' ich still daneben,
Die Geister jener Liebesträume, schweben.

Du altes Schloß, ich kann nicht um dich weinen,
Blüht holdes Leben doch aus deinen Steinen;
Wie eine Leiche hab' ich dich gefunden,
Der man den Sarg mit Blumen schön umwunden."

So sprach der Dichter, und im Spätroth schienen
Ihm einen Gruß zu winken die Ruinen;
Er aber schritt, die Brust voll junger Lieder,
Vom alten Schloß zur goldnen Au hernieder.

Nachtlied.

Der Mond kommt still gegangen,
Mit seinem goldnen Schein;
Da schläft in holdem Prangen
Die müde Erde ein.

Im Traum die Wipfel weben,
Die Quellen rauschen sacht;
Singende Engel durchschweben
Die blaue Sternennacht.

Und auf den Lüften schwanken
Aus manchem treuen Sinn
Viel tausend Liebesgedanken
Ueber die Schläfer hin.

Und drunten im Thale, da funkeln
Die Fenster von Liebchens Haus;
Ich aber blicke im Dunkeln
Still in die Welt hinaus.

Vorüber!

O darum ist der Lenz so schön
Mit Duft und Strahl und Lied,
Weil singend über Thal und Höhn
So bald er weiter zieht;

Und darum ist so süß der Traum,
Den erste Liebe webt,
Weil schneller wie die Blüt' am Baum
Er hinwelkt und verschwebt.

Und doch! Er läßt so still erwärmt,
So reich das Herz zurück;
Ich hab' geliebt, ich hab' geschwärmt,
Ich preis' auch das ein Glück.

Gesogen hab' ich Strahl auf Strahl
In's Herz den kurzen Tag;
Die schöne Sonne sinkt zu Thal.
Nun komme was kommen mag!

Sei's bittres Leid, sei's neue Lust,
Es soll getragen sein:
Der sichre Schatz in meiner Brust
Bleibt dennoch ewig mein.

—

Das sterbende Kind.

Wie doch so still dir am Herzen
Ruhet das Kind!
Weiß nicht, wie Mutterschmerzen
So herbe sind.
Auf Stirn und Lippen und Wangen
Ist schon vergangen
Das süße Roth;
Und dennoch heimlicherweise
Lächelt es leise —
Leise
Küsset der Tod.

Zwei Könige.

Zwei Könige saßen auf Orkadal,
Hell flammten die Kerzen im Pfeilersaal.

Die Harfner sangen, es perlte der Wein,
Die Könige schauten finster drein.

Da sprach der Eine: „Gieb mir die Dirn!
Ihr Aug' ist blau, schneeweiß ihre Stirn."

Der Andre versetzte in grimmem Zorn:
„Mein ist sie und bleibt sie, ich hab's geschwor'n."

Kein Wort mehr sprachen die Könige drauf,
Sie nahmen die Schwerter und stunden auf.

Sie schritten herfür aus der leuchtenden Hall';
Tief lag der Schnee an des Schlosses Wall.

Es sprühten die Fackeln, es blitzte der Stahl —
Zwei Könige sanken auf Orkadal.

Einkehr.

Der Staub ist heiß, die Sonne glüht,
Vom langen Wandern bin ich müd;
  Sieh da, im Schatten der Linden
  Muß ich ein Wirthshaus finden!

Gott grüß dich, schöne Kellnerin!
Du siehst wohl, daß ich müde bin;
  O reiche dem durstigen Zecher
  Zum Rande voll den Becher!

Dein Wohl, dein Wohl, vielholdes Kind!
Ei, wie dir so rosig die Wangen sind,
  Und deine Augen wie Kohlen
  Die funkeln schelmisch verstohlen.

Dein Wein ist süß, dein Wein ist klar;
Doch schau' ich dir auf die Lippen gar,
  Da dünkt von deinem Munde
  Ein Kuß mir noch süßer zur Stunde.

Du sagst nicht: ja, du sagst nicht: nein;
Da muß ich denn schon herzhaft sein;
    Da hast ihn — gieb mir ihn wieder! —
    Was schlägst du die Augen nieder?

Ein braver Bursch, 'ne schöne Maid,
Wo die sich treffen allezeit,
    Da soll ein Küßchen in Ehren
    Ihnen kein Narr verwehren.

Apologie.

Daß ich auch zur schönen Zeit des Frühlings
Morgens lange stets im Bette säume,
Darum wollt ihr, Freunde, mich verklagen?
Thut es immerhin! Euch hat beim Werden
Nicht die Muse gnädig angelächelt,
Und mit Morpheus lieblichem Geschlechte
Seid ihr ganz und gar in herbem Zwiespalt.
Nicht die Wonne kennt ihr, auf dem Lager
Sich zu dehnen, wenn am offnen Fenster
Grünes Weinlaub schwankt im Sonnenschimmer
Und die Blüthen roth und weiß hereinwehn.
Draußen in den Rosenbüschen flötet
Dann die Nachtigall, und wie die Töne
Lieblich sich durch meine Seele dehnen,
Spinnt der Morgentraum in halbem Wachen
Sich noch fort und wird zu holden Liedern.
Trifft mir endlich dann der Strahl die Wimpern,
Spring' ich rasch empor, auf weiße Blätter
Die gereimten Träume festzubannen.
Abends aber schleich' ich zur Geliebten,

Und sie liest es, was in süßer Dämmrung
Grüßend durch des Freundes Brust gezogen,
Und mit Küssen lohnt sie jede Zeile.

Sagt nun, ihr profanen Traumverächter,
Sagt nun, wollt ihr länger noch mich schelten?

Die beiden Engel.

O kennst du, Herz, die beiden Schwesterengel,
Herabgestiegen aus dem Himmelreich:
Stillsegnend Freundschaft mit dem Lilienstengel,
Entzündend Liebe mit dem Rosenzweig?

Schwarzlockig ist die Liebe, feurig glühend,
Schön wie der Lenz, der haftig sprossen will;
Die Freundschaft blond, in sanftern Farben blühend,
Und wie die Sommernacht so mild und still;

Die Lieb' ein brausend Meer, wo im Gewimmel
Vieltausendfältig Wog' an Woge schlägt;
Freundschaft ein tiefer Bergsee, der den Himmel
Klar wiederspiegelnd in den Fluten trägt.

Die Liebe bricht herein wie Wetterblitzen,
Die Freundschaft kommt wie dämmernd Mondenlicht
Die Liebe will erwerben und besitzen,
Die Freundschaft opfert, doch sie fordert nicht.

Doch dreimal selig, dreimal hoch zu preisen
Das Herz, wo Beide freundlich eingekehrt,
Und wo die Glut der Rose nicht dem leisen
Geheimnißvollen Blühn der Lilie wehrt!

Schmetterling.

Ein Wetterfähnlein ist mein Sinn,
Er schwankt und wankt im Lieben,
Er dreht sich her und dreht sich hin,
Von jedem Wind getrieben.
Ich weiß nicht, ist's mit mir allein,
Mag's Andern auch so gehen?
An jedem Fenster groß und klein
Muß ich was Holdes sehen.

Heut' klopf ich bei der Blonden an,
Und morgen bei der Braunen,
Und übermorgen muß ich dann
Der Schwarzen Reiz bestaunen.
Nur kann ich nimmer allzulang
Bei Einer mich verweilen;
Macht mich ein dunkles Auge krank,
Ein blaues muß mich heilen.

Und leicht gewogen hier am Ort
Sind mir die ros'gen Schönen,
Denn jede hört ein Liebeswort
Zur Cither gern ertönen,

Und jede schwärmt auf ihre Art
Beim sanften Glanz der Sterne,
Und machst du's nur ein wenig zart,
So küßt auch jede gerne.

So fliehn mir denn in leiser Spur
Dahin die schnellen Stunden;
Ich seufze nicht, ich singe nur
Und weiß von keinen Wunden;
Bald bin ich dort, bald bin ich hier,
An Scherz und Spiel mich labend,
Und jeder Tag bringt Lieder mir,
Und Küsse jeder Abend.

Der arme Taugenichts.

Ich kann wahrhaftig doch nichts dafür,
Daß schief mir die Nas' im Gesichte steht,
Und daß sich's leichter zur Schenkenthür
Als hinter dem Pflug auf dem Felde geht,
Und daß mir besser des Müllers Kind
Als unser dicker Herr Pfarrer gefällt —
Ich aber predige in den Wind;
Denn nimmer begreift mich die arge Welt.

Der Müller, der ist euch ein grimmer Kumpan!
Er sagt, ich wäre ein Taugenichts,
Und die Leute im Dorfe glauben daran,
Und auch sein rosiges Töchterlein spricht's.
Und wenn sie mich sieht am Mühlbach stehn,
Da rümpft sie das Näschen und zieht ein Gesicht,
Und weiß doch so zierlich dabei sich zu drehn,
Daß vor Aerger und Liebe das Herz mir bricht.

Nun klag' ich mein Leid den Bäumen da drauß,
Doch sie bleiben so stumm, doch sie bleiben so starr,
Und Kukuk und Gimpel pfeifen mich aus,
Und die Käfer summen: du Narr! du Narr!
Und wird das nicht anders, und kommt's nicht bald,
So halt' ich's im Dorfe nimmermehr aus;
Da zieh' ich davon durch den großen Wald,
Und streiche die Fiedel von Haus zu Haus.

Der Hidalgo.

Es ist so süß, zu scherzen
Mit Liedern und mit Herzen
Und mit dem ernsten Streit.
Erglänzt des Mondes Schimmer,
Da treibt's mich fort vom Zimmer
Durch Platz und Gassen weit;
Da bin zur Lieb' ich immer
Wie zum Gefecht bereit.

Die Schönen von Sevilla
Mit Fächer und Mantilla
Blicken den Strom entlang;
Sie lauschen mit Gefallen,
Wenn meine Lieder schallen
Zum Mandolinenklang,
Und dunkle Rosen fallen
Mir vom Balkon zum Dank.

Ich trage, wenn ich singe,
Die Cither und die Klinge
Von Toledanischem Stahl.
Ich sing' an manchem Gitter,

Und höhne manchen Ritter
Mit keckem Lied zumal.
Der Dame gilt die Cither,
Die Klinge dem Rival.

Auf denn zum Abenteuer!
Schon losch der Sonne Feuer
Hinter den Bergen aus;
Der Mondnacht Dämmerstunden,
Sie bringen Liebeskunden,
Sie bringen blut'gen Strauß;
Und Blumen oder Wunden
Trag' morgen ich nach Haus.

Der Page.

Da ich nun entsagen müssen
Allem, was mein Herz erbeten,
Laß mich diese Schwelle küssen,
Die dein schöner Fuß betreten.

Darf ich auch als Ritter nimmer
Dir beglückt zur Seite schreiten,
Laß mich doch als Pagen immer
In die Messe dich begleiten.

Will ja treu sein und verschwiegen,
Tags dem kleinsten Winke lauschen,
Nachts auf deiner Schwelle liegen,
Mag auch Sturm und Hagel rauschen;

Will dir stets mit sitt'gen Grüßen
Morgens frische Rosen bringen,
Will des Abends dir zu Füßen
Lieder zur Guitarre singen;

Will den weißen Renner zäumen,
Wenn's dich lüstet frisch zu jagen,
Will dir in des Waldes Räumen
Dienend Speer und Falken tragen;

Will auf deinen Liebeswegen
Selbst den Fackelträger machen,
Und am Thor mit blankem Degen,
Wenn den Freund du küssest, wachen.

Und das Alles ohne Klage,
Ohne Flehn, nicht laut noch leise,
Wenn mir nach vollbrachtem Tage
Nur ein Lächeln wird zum Preise;

Wenn gleich einem Segensterne,
Der mein ganzes Wesen lenket,
Nur dein Aug' aus weiter Ferne
Einen einz'gen Strahl mir schenket.

Im April.

Du feuchter Frühlingsabend,
Wie hab' ich dich so gern!
Der Himmel wolkenverhangen,
Nur hie und da ein Stern.

Wie leiser Liebesodem
Hauchet so lau die Luft,
Es steigt aus allen Thalen
Ein warmer Veilchenduft.

Ich möcht' ein Lied ersinnen,
Das diesem Abend gleich,
Und kann den Klang nicht finden
So dunkel, mild und weich.

Feierabend.

Wie sich am westlichen Himmel
Hinter den Bergen im Purpurgeflock
Die Sonne verliert,
Athmet die Brust freudiger auf,
Und saugt begierig
Den kühl erfrischenden Hauch des Abends.

Stiller wird's in der Seele;
Ein ruhig heiterer See
Dehnt sie sich weit;
Schwänen gleich
Ziehen Erinnerungen
Ueber den frieblichen Spiegel hin.

Ruhe, Ruhe
Säuselt mich an aus der Höhe.
Ueber das Auge sinkt
Leise die Wimper,
Und vom Wunderbaume der Nacht
Brech' ich des Schlummers liebliche Blüthe,
Des Traumes Goldfrucht.

Der Zigeunerbube im Norden.

Fern im Süd das schöne Spanien,
Spanien ist mein Heimathland,
Wo die schattigen Kastanien
Rauschen an des Ebro Strand,
Wo die Mandeln röthlich blühen,
Wo die heiße Traube winkt,
Und die Rosen schöner glühen,
Und das Mondlicht goldner blinkt.

Und nun wandr' ich mit der Laute
Traurig hier von Haus zu Haus,
Doch kein helles Auge schaute
Freundlich noch nach mir heraus.
Spärlich reicht man mir die Gaben,
Mürrisch heißet man mich gehn;
Ach, den armen braunen Knaben
Will kein Einziger verstehn.

Dieser Nebel drückt mich nieder,
Der die Sonne mir entfernt,
Und die alten lust'gen Lieder
Hab' ich alle fast verlernt.
Immer in die Melodien
Schleicht der eine Klang sich ein:
In die Heimath möcht' ich ziehen,
In das Land voll Sonnenschein!

Als beim letzten Erndtefeste
Man den großen Reigen hielt,
Hab' ich jüngst das allerbeste
Meiner Lieder aufgespielt.
Doch wie sich die Paare schwangen
In der Abendsonne Gold,
Sind auf meine dunkeln Wangen
Heiße Thränen hingerollt.

Ach, ich dachte bei dem Tanze
An des Vaterlandes Lust,
Wo im duft'gen Mondenglanze
Freier athmet jede Brust,
Wo sich bei der Cither Tönen
Jeder Fuß beflügelt schwingt,
Und der Knabe mit der Schönen
Glühend den Fandango schlingt.

Nein! des Herzens sehnend Schlagen
Länger halt' ich's nicht zurück;
Will ja jeder Lust entsagen,
Laßt mir nur der Heimath Glück!
Fort zum Süden! Fort nach Spanien!
In das Land voll Sonnenschein!
Unterm Schatten der Kastanien
Muß ich einst begraben sein.

Frühlingsoffenbarung.

Kommt her zum Frühlingswald, ihr Glaubenslosen!
Das ist ein Dom, drin pred'gen tausend Zungen;
Seht diese blüh'nden Säulen, diese Rosen,
Die lichte Wölbung, Grün in Grün verschlungen!

Wie Weihrauchswolken steigt der Blumen Düften,
Gleich goldnen Kerzen flammt das Licht der Sonnen,
Als Jubelhymnen fluten in den Lüften
Die Stimmen all von Vöglein, Laub und Bronnen.

Der Himmel selbst ist tief herabgesunken,
Daß liebend er der Erde sich vermähle;
Es schauern alle Wesen gottestrunken,
Und, wie verstockt auch, schauert eure Seele.

Und dann sprecht: Nein! Es ist ein hohl Getriebe,
Ein Uhrwerk ist's, wir kennen jeden Faden,
Sprecht: Nein! zu diesem Uebermaß der Liebe,
Und von der Lippe weist den Kelch der Gnaden.

Ihr könnt es nicht. Und thätet ihr's: verwehen
Ins Nichts würd' eure Lästrung sonder Spuren,
Und keinem Ohr vernommen untergehen
Im tausendstimm'gen Ja der Creaturen.

Drei Bitten.

Drei Bitten hab' ich für des Himmels Ohr,
Die send' ich täglich früh und spät empor:
Zum ersten, daß der Liebe reiner Born
Mir nie versieg' in Ungeduld und Zorn;
Zum zweiten, daß mir, was ich auch vernahm,
Ein Echo weck', ein Lied in Lust und Gram;
Zum dritten, wenn das letzte Lied verhallt
Und wenn der Quell der Liebe leiser wallt,
Daß dann der Tod mich schnell mit sanfter Hand
Hinüberführ' in jenes beßre Land,
Wo ewig ungetrübt die Liebe quillt,
Und wo das Lied als einz'ge Sprache gilt.

O stille dies Verlangen!

O stille dies Verlangen,
Stille die süße Pein!
Zu seligem Umfangen
Laß den Geliebten ein!
Schon liegt die Welt im Traume,
Blühet die duft'ge Nacht;
Der Mond im blauen Raume
Hält für die Liebe Wacht.
Wo zwei sich treu umfangen,
Da giebt er den holdesten Schein.
O stille dies Verlangen,
Laß den Geliebten ein!

Du bist das süße Feuer,
Das mir am Herzen zehrt;
Lüfte, lüfte den Schleier,
Der nun so lang' mir wehrt!
Laß mich vom rosigen Munde
Küssen die Seele dir,
Aus meines Busens Grunde
Nimm meine Seele dafür —

O stille dies Verlangen,
Stille die süße Pein,
Zu seligem Umfangen
Laß den Geliebten ein!

Die goldnen Sterne grüßen
So klar vom Himmelszelt,
Es geht ein Wehn und Küssen
Heimlich durch alle Welt,
Die Blumen selber neigen
Sehnsüchtig einander sich zu;
Die Nachtigall singt in den Zweigen —
Träume, liebe auch du!
O stille dies Verlangen,
Laß den Geliebten ein!
Von Lieb' und Traum umfangen
Wollen wir selig sein.

Im Weinberg.

Ich hatt' im Weinberg jüngst zu thun,
Da fand ich in Gedanken
Meinen langen Magister ruhn
Mitten unter den Ranken.

Schmunzelt' er süß und streckte sich faul,
Schaut' empor zu den Lauben,
Rief: O wachse mir doch ins Maul,
Allerschönste der Trauben!

„Freund, sei kein Narr, steh' auf, greif zu!
Wirst sie sonst nimmer erreichen;
Um einen Hasenfuß wie du
Geschehn keine Wunder und Zeichen!"

Spielmanns Lied.

Und legt ihr zwischen mich und sie
Auch Strom und Thal und Hügel,
Gestrenge Herrn, ihr trennt uns nie,
Das Lied, das Lied hat Flügel.
Ich bin ein Spielmann wohlbekannt,
Ich mache mich auf die Reise,
Und sing' hinfort durch's ganze Land
Nur noch die Eine Weise:
   Ich habe dich lieb, du Süße,
   Du meine Lust und Qual,
   Ich habe dich lieb und grüße
   Dich tausend, tausendmal!

Und wandr' ich durch den laub'gen Wald,
Wo Fink' und Amsel schweifen:
Mein Lied erlauscht das Völkchen bald,
Und hebt es an zu pfeifen.
Und auf der Heide hört's der Wind,
Der spannt die Flügel heiter,
Und trägt es über den Strom geschwind,
Und über den Berg, und weiter:
   Ich habe dich lieb, du Süße,
   Du meine Lust und Qual,
   Ich habe dich lieb und grüße
   Dich tausend, tausendmal!

Durch Stadt und Dorf, durch Wief' und Korn
Spiel' ich's auf meinen Zügen,
Da singen's bald zu Nacht am Born
Die Mägde mit den Krügen;
Der Jäger summt es vor sich her,
Spürt er im Buchenhage;
Der Fischer wirft sein Netz ins Meer
Und singt's zum Ruderschlage:
   Ich habe dich lieb, du Süße,
   Du meine Lust und Qual,
   Ich habe dich lieb und grüße
   Dich tausend, tausendmal!

Und frischer Wind und Waldvöglein,
Und Fischer, Mägd' und Jäger,
Die müssen alle Boten sein
Und meiner Liebe Träger.
So kommt's im Ernst, so kommt's im Scherz
Zu deinem Ohr am Ende;
Und wenn du's hörst, da pocht dein Herz,
Du spürst es, wer es sende:
   Ich habe dich lieb, du Süße,
   Du meine Lust und Qual,
   Ich habe dich lieb und grüße
   Dich tausend, tausendmal!

König Dichter.

Der Dichter steht mit dem Zauberstab,
Auf wolkigem Bergesthrone,
Und schaut auf Land und Meer hinab
Und blickt in jede Zone.

Für seine Lieder nah und fern
Sucht er den Schmuck, den besten;
Mit ihren Schätzen dienen ihm gern
Der Osten und der Westen.

An goldnen Quellen läßt er kühn
Arabiens Palmen rauschen,
Läßt unter duft'gem Lindengrün
Die deutschen Veilchen lauschen.

Er winkt, da öffnet die Ros' in Glut
Des Kelches Heiligthume,
Und schimmernd grüßt aus blauer Flut
Den Mond die Lotusblume.

Er steigt hinab in den schwarzen Schacht,
Taucht in des Oceans Wellen,
Und sucht der rothen Rubinen Pracht,
Und bricht die Perlen, die hellen.

Er giebt dem Schwane Wort und Klang,
Er heißt die Nachtigall flöten,
Und prächtig weben in seinen Gesang
Sich Morgen= und Abenbröthen.

Er läßt das weite unenbliche Meer
In seine Lieder wogen,
Ja, Sonne, Mond und Sternenheer
Ruft er vom Himmelsbogen.

Und Alles fügt sich ihm sogleich,
Will ihn als König grüßen;
Er aber legt sein ganzes Reich
Dem schönsten Kind zu Füßen.

Lieder als Intermezzo.

1.

Wenn die Sonne hoch und heiter
Lächelt, wenn der Tag sich neigt,
Liebe bleibt die goldne Leiter,
Drauf das Herz zum Himmel steigt;

Ob der Jüngling sie empfinde,
Den es zur Geliebten zieht,
Ob die Mutter sie dem Kinde
Sing' als süßes Wiegenlied;

Ob der Freund dem Freund sie spende,
Den er fest im Arme hält,
Ob der hohe Greis sie wende
Auf den weiten Kreis der Welt;

Ob der Heimath sie der Streiter
Zolle, wenn er wund sich neigt:
Liebe bleibt die goldne Leiter,
Drauf das Herz zum Himmel steigt.

————

II.

Und als ich aufstand früh am Tag,
Und meinte, daß es noch Winter sei,
Da jauchzte schon mit lustigem Schlag
Die Lerch' an meinem Fenster frei:
Tirili, tirili! Vom blöden Traum,
Langschläfer, bist du endlich erwacht?
Du schliefst und merktest das Süße kaum,
Denn sacht, denn sacht
Ist kommen der Frühling über Nacht.

Und als ich schaute zum Himmelsraum,
Da war er so blau, da war er so weit;
Und als ich blickt' auf Strauch und Baum,
Da trugen sie all ein grünes Kleid.
Und als ich sah in die eigene Brust,
Da saß die Liebe darin und sang
Was selber so süß ich nimmer gewußt;
Das klang, das klang,
Und soll nun klingen mein Leben lang.

III.

Sind die Sterne fromme Lämmer,
Die, wenn fern die Sonne scheidet,
Auf den blauen Himmelsfluren
Still die Nacht, die Hirtin, weidet?

Oder sind es Silberlilien,
Die den reinen Kelch erschließen,
Und des Schlummerduftes Wogen
Durch die müde Welt ergießen?

Oder sind es lichte Kerzen,
Die am Hochaltare funkeln,
Wenn der weite Dom der Lüfte
Sich erfüllt mit heil'gen Dunkeln?

Nein! es sind die Silberlettern,
Drin ein Engel uns vom Lieben
In das blaue Buch des Himmels
Tausend Lieder aufgeschrieben.

———————

IV.

Herab von den Bergen zum Thale,
Vom Thal zu den Höhen hinan,
So zieh' ich wohl tausendmale,
Der Frühling zieht mir voran.

Der Strom im Morgenrothe
Lockt blinkend das Ufer entlang;
Der Mond, der Friedensbote,
Geht mit mir am Himmel den Gang.

Und alle die Vögel die singen
Im Walde so wundervoll
Von tausend herrlichen Dingen,
Die ich noch finden soll.

Sie singen: Wohl weit in der Ferne
Da rauschet ein waldiger Grund,
Drin glänzen zwei selige Sterne,
Drin blüht ein vielrosiger Mund.

Die Sterne, die sollen dich grüßen
So fromm, wie sie Keinem gethan,
Den Mund, den Mund sollst du küssen,
Du glücklicher Wandersmann!

V.

Gebt mir vom Becher nur den Schaum,
Den leichten Schaum der Reben!
Gebt nur einen flüchtigen Liebestraum
Mir für dies flüchtige Leben!

Den vollen Zug, das sichre Gut,
Ich gönn' es jedem Andern,
Der fest am eignen Herde ruht;
Ich aber muß schweifen und wandern,

Muß schweifen und wandern hin und her
Auf allen Pfaden und Wegen,
Wohl über die Lande, wohl über das Meer,
Dem ewigen Lenz entgegen.

Und wo ein Blick mir freundlich glänzt,
Und wo auf meiner Reise
Ein Gastfreund mir den Wein kredenzt,
Da sing' ich die alte Weise:

Gebt mir vom Becher nur den Schaum,
Den leichten Schaum der Reben!
Gebt nur einen flüchtigen Liebestraum
Mir für dies flüchtige Leben!

VI.

Wenn die Reb' im Safte schwillt,
Kommt die Schwalbe geflogen,
Wenn das Aug' in Thränen quillt,
Kommt die Liebe gezogen.

Blume, Laub und weiße Blüt'
Muß sich rasch entfalten.
Schwarzbraun Kind, Dein Herz behüt,
Wirst es nicht behalten.

VII.

Der Frühling ist ein starker Held,
Ein Ritter sonder Gleichen,
Die rothe Ros' im grünen Feld
Das ist sein Wappen und Zeichen.

Sein Schwert von Sonnenglanze schwang
Er kühn und unermüdet,
Bis hell der silberne Panzer sprang,
Den sich der Winter geschmiedet.

Und nun mit triumphirendem Schall
Durchzieht er Land und Wogen;
Als Herold kommt die Nachtigall
Vor ihm daher geflogen.

Und rings erschallt an jedes Herz
Sein Aufruf aller Orten,
Und hüllt' es sich in dreifach Erz,
Es muß ihm öffnen die Pforten;

Es muß ihm öffnen die Pforten dicht,
Und darf sich nimmer entschuld'gen,
Und muß der Königin, die er verficht,
Der Königin Minne huld'gen.

VIII.

Die Liebe gleicht dem April:
Bald Frost, bald fröhliche Strahlen,
Bald Blüten in Herzen und Thalen,
Bald stürmisch und bald still,
Bald heimliches Ringen und Dehnen,
Bald Wolken, Regen und Thränen —
Im ewigen Schwanken und Sehnen
Wer weiß, was werden will!

IX.

Die stille Wasserrose
Steigt aus dem blauen See,
Die feuchten Blätter zittern,
Der Kelch ist weiß wie Schnee.

Da gießt der Mond vom Himmel
All seinen goldnen Schein,
Gießt alle seine Strahlen
In ihren Schooß hinein.

Im Wasser um die Blume
Kreiset ein weißer Schwan:
Er singt so süß, so leise,
Und schaut die Blume an.

Er singt so süß, so leise,
Und will im Singen vergehn —
O Blume, weiße Blume,
Kannst du das Lied verstehn?

X.

Ich bin die Rose auf der Au,
Die still in Düften leuchtet;
Doch Du, o Liebe, bist der Thau,
Der nährend sie befeuchtet.

Ich bin der dunkle Edelstein,
Aus tiefem Schacht gewühlet;
Du aber bist der Sonnenschein,
Darin er Farben spielet.

Ich bin der Becher von Krystall,
Aus dem der König trinket;
Du bist des Weines süßer Schwall,
Der purpurn ihn durchblinket.

Ich bin die trübe Wolkenwand,
Am Himmel aufgezogen;
Doch du bist klar auf mich gespannt
Als bunter Regenbogen.

Ich bin der Memnon stumm und todt,
Von Wüstennacht bedeckt;
Du hast den Klang als Morgenroth
In meiner Brust erwecket.

Ich bin der Mensch, der vielbewegt
Durchirrt das Thal der Mängel;
Du aber bist's, die stark mich trägt,
Ein lichter Gottesengel.

XI.

Kornblumen flecht' ich dir zum Kranz
Ins blonde Lockenhaar.
Wie leuchtet doch der blaue Glanz
Auf goldnem Grund so klar!

Der blaue Kranz ist meine Lust;
Er sagt mir stets aufs neu,
Wohl keine sei in tiefster Brust
Wie du, mein Kind, so treu.

Auch mahnt sein Himmelblau zugleich
Mich heimlich süßer Art,
Daß mir ein ganzes Himmelreich
In deiner Liebe ward.

XII.

Du bist so still, so sanft, so sinnig,
Und schau' ich dir ins Angesicht,
Da leuchtet mir verständnißinnig
Der dunklen Augen frommes Licht.

Nicht Worte giebst du dem Gefühle,
Du redest nicht, du lächelst nur;
So lächelt in des Abends Kühle
Der lichte Mond auf Wald und Flur.

In Traumesdämmerung allmählig
Zerrinnt die ganze Seele mir,
Und nur das Eine fühl' ich selig,
Daß ich vereinigt bin mit dir.

XIII.

Mein Herz ist wie die dunkle Nacht,
Wenn alle Wipfel rauschen;
Da steigt der Mond in voller Pracht
Aus Wolken sacht —
Und sieh, der Wald verstummt in tiefem Lauschen.

Der Mond, der helle Mond bist du:
Aus deiner Liebesfülle
Wirf Einen, Einen Blick mir zu
Voll Himmelsruh —
Und sieh, dies ungestüme Herz wird stille.

XIV.

Aus zerrißnen Wolkenmaſſen
Steigt ins Blau der goldne Mond,
Und beglänzt den Bergesgipfel,
Wo die Burgruine thront.

Am bemoosten Thurme steh' ich,
Himmelwärts das Angesicht,
Und ich horche, und ich lausche,
Was der Mond herniederspricht.

Von vieltausend Mädchenaugen
Iſt's ein wunderbares Lied,
Von vieltausend rothen Küſſen,
Die er in den Thalen sieht.

Und schon will er mir erzählen
Von dem fernen blonden Kind —
Ach, da kommen dunkle Wolken
Und das Lied verweht im Wind.

XV.

Ich möchte sterben wie der Schwan,
Der, langsam rudernd mit den Schwingen,
Auf seiner blauen Wasserbahn
Die Seele löst in leisem Singen.

Und starb er, wenn der Abend schied
Mit goldnem Kusse von den Gipfeln:
Nachhallend säuselt noch das Lied
Die ganze Nacht in Busch und Wipfeln.

O würde mir ein solch Geschick!
Dürft' unter Liedern ich erblassen!
Könnt' ich ein Echo voll Musik
Dem Volk der Deutschen hinterlassen!

Doch Größern nur ward solch ein Klang,
Nur Auserwählten unter Vielen —
Mir wird im Tode kein Gesang
Verklärend um die Lippen spielen.

Tonlos werd' ich hinübergehn,
Man wird mich stumm zur Grube tragen,
Und wenn die Feier ist geschehn,
Wird niemand weiter nach mir fragen.

————

XVI.

Vöglein, wohin so schnell?
„Nach Norden, nach Norden!
Dort scheint die Sonne nun so hell,
Dort ist's nun Frühling worden."

O Vöglein mit den Flügeln bunt,
Und wenn du kommst zum Lindengrund,
Zum Hause meiner Lieben,
Dann sag' ihr, daß ich Tag und Nacht
Von ihr geträumt, an sie gedacht,
Und daß ich treu geblieben.

Und die Blumen im Thal
Grüß tausend, tausendmal!

XVII.

Die Liebe saß als Nachtigall
Im Rosenbusch und sang,
Es flog der wundersüße Schall
Den grünen Wald entlang.

Und wie er klang, da stieg im Kreis
Aus tausend Kelchen Duft,
Und alle Wipfel rauschten leis,
Und leise ging die Luft.

Die Bäche schwiegen, die noch kaum
Geplätschert von den Höhn,
Die Rehlein standen wie im Traum
Und lauschten dem Getön.

Und hell und immer heller floß
Der Sonne Glanz herein,
Um Blumen, Wald und Schlucht ergoß
Sich goldig rother Schein.

Ich aber zog den Weg entlang
Und hörte auch den Schall —
Ach, was seit jener Stund' ich sang,
War nur sein Wiederhall.

XVIII.

Es stand ein Veilchenstrauß an meinem Bette,
Der duftete mir zu gar süßen Traum:
Ich lag am Abhang einet Hügelkette,
Und überblüht von Veilchen war der Raum;
So viele wuchsen nie an einer Stätte,
Man sah vor ihrem Blau den Rasen kaum;
Da sprach das Herz: Hier ging mein Lieb, das traute,
Und Veilchen sproßten auf, wohin sie schaute.

XIX.

So halt' ich endlich dich umfangen,
In süßes Schweigen starb das Wort,
Und meine trunknen Lippen hangen
An deinen Lippen fort und fort!

Was nur das Glück vermag zu geben,
In sel'ger Fülle ist es mein;
Ich habe dich, geliebtes Leben,
Was braucht es mehr, als dich allein?

O, decke jetzt des Schicksals Wille
Mit Nacht die Welt und ihre Zier,
Und nur dein Auge schwebe stille,
Ein blauer Himmel, über mir!

XX.

Wohl lag ist einst in Gram und Schmerz,
Da weint' ich Nacht und Tag;
Nun wein' ich wieder, weil mein Herz
Sein Glück nicht fassen mag.

Mir ist's, als trüg' ich in der Brust
Das ganze Himmelreich —
O höchstes Leid, o höchste Lust,
Wie seid ihr euch so gleich!

XXI.

Nun ist der Tag geschieden
Mit seinem Drang und Schall,
Es weht ein kühler Frieden
Durch's Dunkel überall.

Wie still die Felder liegen!
Der Wald nur ist erwacht,
Und was er dem Lichte verschwiegen,
Das singt er leise der Nacht.

Und was ich am lauten Tage
Dir nimmer sagen kann,
Nun möcht' ich dir's sagen und klagen —
O komm und hör' mich an!

XXII.

Wenn still mit seinen letzten Flammen
Der Abend in das Meer versank,
Dann wandeln traulich wir zusammen
Am Waldgestad im Buchengang.

Wir sehn den Mond durch Wolken steigen,
Wir hören fern die Nachtigall,
Wir athmen Düfte, doch wir schweigen —
Was soll der Worte leerer Schall?

Das höchste Glück hat keine Lieder,
Der Liebe Lust ist still und mild;
Ein Kuß, ein Blicken hin und wieder,
Und alle Sehnsucht ist gestillt.

XXIII.

Nun hab' ich alle Seligkeit
Erloost von dieser Erden;
An keinem Ort, zu keiner Zeit
Mag Beßres je mir werden.

Was nur das Herz zum Himmel hebt,
Bescheerte mir die Stunde,
Der Liebe voller Becher schwebt
An meinem durst'gen Munde.

O könnt' ich leeren den Pokal,
Eh' dort verlöscht die Sonne,
Und dann mit ihrem letzten Strahl
Vergehn vor Liebeswonne!

XXIV.

Du fragst mich, du mein blondes Lieb,
Warum so stumm mein Mund?
Weil mir die Liebe sitzet,
  Heimlich sitzet
Im Herzensgrund.

Kann denn die Flamme singen,
Wenn sie zum Himmel will?
Sie schlägt die Flügel hoch und roth,
  So hoch und roth
Und doch so still.

Die Ros' auch kann nicht sprechen,
Wenn sie zur Blüt' erwacht;
Sie glüht und duftet stumm hindurch,
  Stumm hindurch
Die Sommernacht.

So ist auch meine Minne,
Seit du dich mir geneigt;
Sie glüht und blüht im Sinne,
  Tief im Sinne,
Aber sie schweigt.

XXV.

Wem in Rosen und in Blüten
Sich verliert des Lebens Pfad,
Mag die eigne Seele hüten,
Denn gewiß, die Trauer naht.

Da ich alle Lust besessen,
Unter Liebesblick und Kuß
Hatt' ich Sel'ger, ach, vergessen,
Daß ich wieder scheiden muß.

O wie blickt mich nun die weite
Welt so kalt und finster an!
War's doch nur an deiner Seite,
Daß ich all mein Glück gewann.

Früher mocht' ich's schon ertragen,
Dieses Schweifen ohne Licht,
Denn mit Blindheit selbst geschlagen
Kannt' ich noch die Sonne nicht.

Aber jetzt begreif' ich's nimmer,
Was noch bleiben kann für mich. —
Welch ein Leben ohne Schimmer
Werd' ich leben ohne dich!

XXVI.

Goldne Brücken seien
Alle Lieder mir,
Drauf die Liebe wandelt,
Süßes Kind, zu dir.

Und des Traumes Flügel
Soll in Lust und Schmerz
Jede Nacht mich tragen
An dein treues Herz.

XXVII.

Nun ist der letzte Tag erschienen
Und sonnig blickt er in das Thal;
Der Wald scheint tiefer heut zu grünen
Und Blumen duften ohne Zahl.
Es wogt das Korn in goldnen Aehren,
Die Vögel singen wie zum Fest,
Der Himmel selbst will uns verklären
Der süßen Stunden kurzen Rest.

O laßt noch heute drum das Härmen!
Noch ruh' ich ja an deiner Brust.
Wie Jephthas Tochter wolle schwärmen
Durch Berg und Thal in reiner Lust!
Ergieb dich selig dem Genusse,
Bis fern der Sonne Strahl verglimmt
Und mit dem letzten Abschiedskusse
Den Kelch uns von den Lippen nimmt.

XXVIII.

Viel tausend, tausend Küsse gieb,
Süß Liebchen, mir beim Scheiden!
Viel tausend Küsse, süßes Lieb,
Geb' ich zurück mit Freuden.

Was ist die Welt doch gar ohn' End'
Mit ihren Bergen und Meeren,
Daß sie zwei treue Herzen trennt,
Die gut beisammen wären!

Ich wollt', ich wär' ein Vögelein,
Da flög' ich hoch im Winde
Alle Nacht, alle Nacht im Mondenschein
Zu meinem blonden Kinde.

Und fänd' ich sie betrübt zum Tod,
Da wollt' ich mit ihr klagen;
Doch fänd' ich mein Röslein frisch und roth,
Wie wollt' ich jauchzen und schlagen!

Wie wollt' ich mit dem süßen Schall
Die stille Nacht durchklingen!
Im Busch, im Busch die Nachtigall
Sollte nicht besser singen.

O tausend, tausend Küsse gieb,
Süß Liebchen mir beim Scheiden!
Viel tausend Küsse, süßes Lieb,
Geb' ich zurück mit Freuden.

XXIX.

Vorüber ist die Rosenzeit,
Und Lilien stehn im Feld;
Doch drüber liegt so klar und weit
Das blaue Himmelszelt.

Fahr' hin, du qualenvolle Lust,
Du rasches Liebesglück!
Du lässest doch in meiner Brust
Ein ruhig Licht zurück.

Und nach dem Drang von Freud' und Leid
Däucht mir so schön die Welt;
Vorüber ist die Rosenzeit,
Und Lilien stehn im Feld.

XXX.

Wie lang ist's doch, daß ich nicht sang?
Wohl Monden sind dahin gegangen —
Ein langer Winter trüb und bang
Hielt mir zuletzt den Sinn befangen.

Er brachte mir des Bittern viel;
Es waren da viel falsche Zungen,
Die trieben gar ein schlimmes Spiel,
So daß mir fast das Herz zersprungen.

Zu fremder Thorheit eigne Schuld
Versehrte mich mit gift'gen Pfeilen —
Doch nun Geduld, o Herz, Geduld!
Der Frühling kommt, er wird dich heilen.

Die ersten Knospen werden wach,
Der Bach entrauscht in schnellen Wogen;
Mein dumpfes Grämen rauscht ihm nach —
Frischauf, und in die Welt gezogen!

XXXI.

Im Wald, im hellen Sonnenschein,
Wenn alle Knospen springen,
Da mag ich gerne mittendrein
Eins singen.

Wie mir zu Muth in Leib und Lust,
Im Wachen und im Träumen,
Das stimm' ich an aus voller Brust
Den Bäumen.

Und sie verstehen mich gar fein,
Die Blätter alle lauschen,
Und fall'n am rechten Orte ein
Mit Rauschen.

Und weiter wandelt Schall und Hall
In Wipfeln, Fels und Büschen,
Hell schmettert auch Frau Nachtigall
Dazwischen.

Da fühlt die Brust am eignen Klang,
Sie darf sich was erkühnen —
O frische Lust: Gesang! Gesang
Im Grünen!

XXXII.

Der Mai ist gekommen, die Bäume schlagen aus,
Da bleibe wer Lust hat mit Sorgen zu Haus;
Wie die Wolken wandern am himmlischen Zelt,
So steht auch mir der Sinn in die weite, weite Welt.

Herr Vater, Frau Mutter, daß Gott euch behüt!
Wer weiß, wo in der Ferne mein Glück mir noch blüht
Es giebt so manche Straße, da nimmer ich marschirt,
Es giebt so manchen Wein, den ich nimmer noch probirt.

Frisch auf drum, frisch auf im hellen Sonnenstrahl!
Wohl über die Berge, wohl durch das tiefe Thal!
Die Quellen erklingen, die Bäume rauschen all,
Mein Herz ist wie 'ne Lerche, und stimmet ein mit Schall.

Und Abends im Städtlein da kehr' ich durstig ein:
„Herr Wirth, Herr Wirth, eine Kanne blanken Wein!
Ergreife die Fiedel, du lust'ger Spielmann du,
Von meinem Schatz das Liedel das sing' ich dazu."

Und find' ich keine Herberg, so lieg ich zu Nacht
Wohl unter blauem Himmel, die Sterne halten Wacht;
Im Winde die Linde, die rauscht mich ein gemach,
Es küsset in der Früh' das Morgenroth mich wach.

O Wandern, o Wandern, du freie Burschenlust!
Da wehet Gottes Odem so frisch in die Brust;
Da singet und jauchzet das Herz zum Himmelszelt:
Wie bist du doch so schön, o du weite, weite Welt!

XXXIII.

Die Lilien glühn in Düften
Die Blüte spielt am Baum;
Hoch zieht in stillen Lüften
In buntem Schmuck der Traum.

Und wo er blickt, da neigen
Die Blumen das Haupt überall;
Und wo er zieht, da schweigen
Waldrauschen und Nachtigall.

Mir wird das Herz so stille
In dieser milden Nacht,
Es bricht der eigne Wille,
Die alte Lieb' erwacht.

Fast ist's, als käm' ein Grüßen
Auf mich vom Himmelszelt,
Und Frieden möcht' ich schließen
Mit Gott und aller Welt.

XXXIV.

Es ist das Glück ein flüchtig Ding,
Und war's zu allen Tagen;
Und jagtest du um der Erde Ring,
Du möchtest es nicht erjagen.

Leg' dich lieber in's Gras voll Duft,
Und singe deine Lieder;
Plötzlich vielleicht aus blauer Luft
Fällt es auf dich hernieder.

Aber dann pack' es und halt' es fest
Und plaudre nicht viel dazwischen;
Wenn du zu lang' es warten läßt,
Möcht' es dir wieder entwischen.

XXXV.

Und gestern Noth und heute Wein,
Das ist's, was mir gefällt;
Und morgen ein Roß, ein schnelles Roß,
Zu reiten in die Welt.

Vergangnes Leid ist kaum ein Leid,
Und süß ist Jubel im Haus,
Und dazu ein Blick, ein heller Blick
In lust'ge Zeit hinaus.

Die Welt ist jetzt so frühlingsgrün
Und hat der Blumen so viel,
Hat Mägdlein schön wohl nah und fern.
Und klingend Saitenspiel.

Und bist du nur der rechte Mann,
Und greifest fröhlich drein,
So Roß' als Maid, so Lieb' als Lieb
Ist Alles, Alles dein.

Drum gestern Noth und heute Wein,
Das ist's, was mir gefällt,
Und morgen zu Roß, wohl hoch zu Roß
Reit' ich in alle Welt.

XXXVI.

Das ist's was an der Menschenbrust
Mich oftmals läßt verzagen,
Daß sie den Kummer wie die Lust
Vergißt in wenig Tagen.

Und ist der Schmerz, um den es weint,
Dem Herzen noch so heilig. —
Der Vogel singt, die Sonne scheint,
Vergessen ist er eilig.

Und war die Freude noch so süß —
Ein Wölkchen kommt gezogen,
Und vom geträumten Paradies
Ist jede Spur verflogen.

Und fühl' ich das, so weiß ich kaum,
Was weckt mir tiefern Schauer,
Daß gar so kurz der Freude Traum
Oder so kurz die Trauer?

XXXVII.

Die Sonn' hebt an vom Himmelszelt
Verstohlnen Glanz zu schießen;
Da giebt es rings in Wald und Feld
Ein Rauschen, Rieseln, Fließen.

Das Eis zergeht, der Schnee zerrinnt,
Dann grünt es über ein Weilchen,
Und leise singt der laue Wind:
Wacht auf, wacht auf ihr Veilchen!

O lindes Säuseln tief im Thal!
O erster Duft des Märzen!
Nun blüht und klingt die Welt zumal,
Nun klingt's auch mir im Herzen.

Und wie die Lüfte wundervoll
Sich blau und klauer dehnen —
Ich weiß nicht, was da werden soll,
Was will dies Ringen und Sehnen?

Mir wird die Brust so weit, so weit,
Als ob's drin blüht' und triebe —
Kommst du noch einmal, Jugendzeit?
Kommst du noch einmal, Liebe?

XXXVIII.

O schneller mein Roß, mit Hast, mit Hast!
Wie säumig dünkt mich dein Jagen,
In den Wald, in den Wald meine selige Last,
Mein süßes Geheimniß zu tragen!

Es liegt ein trunkener Abendschein
Rothdämmernd über den Gipfeln,
Es jauchzen und wollen mit fröhlich sein
Die Vögel in allen Wipfeln.

O könnt' ich steigen mit Jubelschall
Wie die Lerch empor aus den Gründen,
Und droben den rosigen Himmeln all
Mein Glück, mein Glück verkünden!

Oder ein Sturm mit Flügelgewalt
Zum Meer hinbrausen, dem blauen,
Und dort was im Herzen mir glüht und schallt,
Den verschwiegenen Wellen vertrauen!

Es darf mich hören kein menschlich Ohr,
Ich kann wie die Lerche nicht steigen,
Ich kann nicht wehn wie der Sturm empor,
Und kann's doch nimmer verschweigen.

So wiss' es, du blinkender Mond im Fluß,
So wißt es, ihr Buchen im Grunde:
Sie ist mein, sie ist mein! Es brennt ihr Kuß
Auf meinem seligen Munde!

XXXIX.

Wohl springet aus dem Kiesel
Der Funk' in lichter Glut,
Wohl quillet aus der Traube
Das heiße Rebenblut,

Doch aus dem dunkeln Auge
Dem holden Auge dein,
Da quillet nichts als Liebe
Mir tief ins Herz hinein.

Seit du zum erstenmale
Mich angesehen hast,
Da schwärmen meine Gedanken
Und haben nicht Ruh, noch Rast;

Sie schwärmen wie wilde Vögel
Durch Feld und Waldrevier,
Und über Busch und Wipfel
Allein zu dir, zu dir.

Und würden die Berge zu Golde,
Und würde das Meer zu Wein:
So wollt' ich doch lieber, du Holde,
Du solltest mein eigen sein!

XL.

Es rauscht das rothe Laub zu meinen Füßen,
Doch wenn es wieder grünt, wo weil' ich dann?
Wo werden mich die ersten Schwalben grüßen?
Ach ferne, fern der Süßen,
Und nimmer bin ich mehr ein froher Mann.

Sonst sang ich stets durch Flur und Bergeshalde
Im braunen Herbst, in flock'ger Winterszeit:
O schöner Frühling, komm zu deinem Walde,
Komme balde, balde, balde!
Nun sing' ich: Schöner Frühling, bleibe weit!

Umsonst! Wie jetzt sich Haid' und Forst entkleiden,
So blühn sie neu; was kümmert sie mein Gram?
Das Veilchen kommt, ich muß es eben leiden,
Muß wandern und muß scheiden,
Doch o! — wie leb' ich, wenn ich Abschied nahm!

XLI.

Ich weiß nicht, wie's geschieht,
Daß, was mein Herz auch singt,
Mir immerdar in's Lied
Ein Klang der Liebe klingt;

Daß ich nicht schweigen kann
Von ihrem Paradies,
Wiewohl aus seinem Bann
Man lange mich verstieß.

Dann ahn' ich selber kaum:
Sing' ich von künft'gem Glück?
Sing' ich den süßen Traum
Der Jugend mir zurück?

XLII.

Ich bin so lang' in Berg und Thal
Gewandert manche Meile,
Daß ich auch möchte ruhn einmal,
Und wär's nur eine Weile.

Doch wo ich klopfe an die Thür
Und um ein Plätzchen bitte,
Da heißt es barsch: Was willst du hier
Mit deiner fremden Sitte?

Hier ist kein Amt und keine Zunft,
In die du könntest treten;
Die Welt ist kommen zur Vernunft,
Und braucht jetzt keine Poeten.

*   *

Und braucht die Welt der Lieder nicht,
Ich kann sie nicht entbehren;
Sie sind die Sterne, welche licht
Das Leben mir verklären.

Sie sind der Himmel, sind die Luft,
In der mein Wesen lebet,
Sie sind der ewige Rosenduft,
Der meinen Geist umwebet.

Sie sind mein Lenz, wenn weit und breit
Im Herbst die Blätter fallen,
Sie schlagen in trüber Winterzeit
Um mich als Nachtigallen.

Käm' ohne sie der Mai einmal,
Und käme selbst die Liebe,
Und brächten Wonnen sonder Zahl,
Mir däucht' es alles trübe;

Und sollten sie mir einst vergehn,
So will ich mich legen zu Grabe,
Und will nicht eher auferstehn,
Bis ich sie wieder habe.

Zweites Buch.

Berlin.

1836—1837.

Der Ritter vom Rheine.

Ich weiß einen Helden von seltener Art,
So stark und so zart, so stark und so zart;
Das ist die Blume der Ritterschaft,
Das ist der Erste an Milde und Kraft,
So weit auf des Vaterlands Gauen
Die Sterne vom Himmel schauen.

Er kam zur Welt auf sonnigem Stein
Hoch über dem Rhein, hoch über dem Rhein;
Und wie er geboren, da jauchzt' überall
Im Lande Trompeten= und Paukenschall,
Da wehten von Burgen und Hügeln
Die Fahnen mit lustigen Flügeln.

In goldener Rüstung geht der Gesell,
Das funkelt so hell, das funkelt so hell;
Und ob ihm auch Mancher zum Kampf sich gestellt,
Weiß Keinen, den er nicht endlich gefällt;
Es sanken Fürsten und Pfaffen
Vor seinen feurigen Waffen.

Doch wo es ein Fest zu verherrlichen gilt,
Wie ist er so mild, wie ist er so mild!
Er naht, und die Augen der Gäste erglühn,
Und der Sänger greift in die Harfe kühn,
Und selbst die Mädchen im Kreise
Sie küssen ihn heimlicher Weise.

O komm, du Blume der Ritterschaft,
Voll Milde und Kraft, voll Milde und Kraft!
Tritt ein in unsern vertraulichen Rund
Und wecke den träumenden Dichtermund,
Und führ' uns beim Klange der Lieder
Die Freude vom Himmel hernieder!

Der Husar.

Die Schlacht ist aus, zersprengt des Feindes Schaaren,
Ein schwarzes Bahrtuch sinkt die Nacht hernieder,
Da lagern rings um's Feuer die Husaren,
Und wärmen ihre kampfesmüden Glieder.

Ein bärt'ger Reiter sieht nach seiner Wunde,
Ein andrer ladet emsig die Pistolen,
Die volle Flasche geht von Mund zu Munde;
Kein Wort erschallt, nur tiefes Athemholen.

Und still ist's ringsum. Nur die Frühlingswinde,
Gewohnt mit holden Blumen sonst zu kosen,
Sie spielen durch's Gefild und fächeln linde
Der Todeswunden dunkle Purpurrosen.

Doch sieh! Dort unterm Lindenbach am Thurme
Ist sanft ein junger Reiter eingeschlafen,
Es rettet' aus des Krieges wüstem Sturme
Sein Geist sich in der Träume Friedenshafen.

Er schlummert süß. Es hat um seine Wangen
Ein ros'ger Freudenschimmer sich ergossen,
Ein mildes Lächeln hält den Mund umfangen,
Um den die ersten blonden Flaumen sprossen.

Er träumt sich heim vielleicht ins enge Zimmer,
In seines Jugendspiels geliebte Räume —
Durch's offne Fenster fällt der Sonnenschimmer,
Und draußen duften Wein und Blütenbäume.

Und vor ihm steht ein Mädchen hold erglühend,
Der Morgenstrahl vergoldet ihre Wangen,
Daß schöner noch der Mund, in Purpur blühend,
Daß glänzender die braunen Locken prangen.

Sie reicht im Glas ihm feurigen Tokaier,
Nachdem sie nicht verschmäht zum Gruß zu nippen;
Er aber küßt, ein ungestümer Freier,
Anstatt des süßen Weins die süßern Lippen.

Umschlungen stehn sie, ganz in sich versunken,
Und schau'n sich selig lächelnd an und schweigen,
Und nur die Nachtigallen schmettern, trunken
Von Rosenduft, ein Brautlied in den Zweigen.

So träumt der Jüngling — aber plötzlich tönen
Trompeten fern in lustigen Fanfaren,
Es fallen Schüsse, dumpfe Trommeln dröhnen,
Und auf vom Boden springen die Husaren.

Der Träumer auch erwacht. Er fährt zusammen,
Dann sitzt er eilig auf mit den Genossen;
Sie jagen fort; — zu Asche glühn die Flammen,
Und fern verhallt der Hufschlag von den Rossen.

Des Woiewoden Tochter.

Es steht im Wald, im tiefen Wald
Das Haus des Woiewoden;
Eiszapfen hangen am Dache kalt,
Und Schnee bedeckt den Boden.

Das Fräulein sitzt am Herd und spinnt
Zu ihrem Hochzeitschleier;
Sie hört im Rauchfang gehn den Wind
Und schürt empor das Feuer.

Da tritt die Waldfrau zu ihr ein,
Die pflegt nichts Guts zu bringen:
„Guten Abend, feines Goldtöchterlein!
Will dir ein Liedchen singen!"

„„Was sollen deine Lieder mir?
Mein Liebster, der kommt balde.
Da hast du Brod, da hast du Bier,
Geh wieder heim zum Walde!""

Die Alte sprach: „Hast immer Zeit,
Dein Schatz wird nimmer kommen.
Der Wald ist tief, der Weg ist weit;
Hat andern Weg genommen."

„„Was quälst du dich mit falschem Weh?
Treu wird mein Liebster bleiben,
Er schwur es mir, bis aus dem Schnee
Einst rothe Röslein treiben.““

Das Fräulein rief's, doch war ihr bang,
Der Wind pfiff nicht geheuer,
Die Alte blieb, die Alte sang
Ihr dumpfes Lied ins Feuer:

„Und als ich ging die Schlucht entlang,
Da kamen drei Wölfe gesprungen,
Die heulten wie ob gutem Fang
Und hatten blutige Zungen.

Und als ich kam zum Fichtenzaun,
Drei Raben hört' ich schreien;
Sie schrien: ihr Jungen, euch soll traun
Der frische Schmaus gedeihen!

Und als ich kam zum eis'gen See,
Hab' ich einen Knaben gefunden;
Es floß wohl über den Winterschnee
Sein Blut aus tiefen Wunden.

Roth Röslein blüht aus dem Schnee so kalt,
Nun hast du's selbst vernommen.
Der Weg ist weit und tief der Wald,
Dein Schatz wird nimmer kommen."

Das Lied war aus, die Alte fort,
Des Herdes Glut vergangen,
Die Jungfrau saß und sprach kein Wort,
Ihr waren so bleich die Wangen.

Und lauter draußen pfiff der Wind,
Und lauter schrien die Raben.
Drei Tage nach diesem hat sein Kind
Der Woiewod begraben.

Gondoliera.

O komm zu mir, wenn durch die Nacht
Wandelt das Sternenheer!
Dann schwebt mit uns in Mondespracht
Die Gondel über's Meer.
Die Luft ist weich wie Liebesscherz,
Sanft spielt der goldne Schein,
Die Cither klingt, und zieht dein Herz
Mit in die Luft hinein.
O komm zu mir, wenn durch die Nacht
Wandelt das Sternenheer!
Dann schwebt mit uns in Mondespracht
Die Gondel über's Meer.

Das ist für Liebende die Stund',
Liebchen, wie ich und du;
So friedlich blaut des Himmels Rund,
Es schläft das Meer in Ruh.
Und wie es schläft, da sagt der Blick
Was nie die Zunge spricht,
Die Lippe zieht sich nicht zurück
Und wehrt dem Kusse nicht.

O komm zu mir, wenn durch die Nacht
Wandelt das Sternenheer!
Dann schwebt mit uns in Mondespracht
Die Gondel über's Meer.

Abendfeier in Venedig.

Ave Maria! Meer und Himmel ruhn,
Von allen Thürmen hallt der Glocken Ton.
Ave Maria! Laßt vom irb'schen Thun,
Zur Jungfrau betet, zu der Jungfrau Sohn!
Des Himmels Schaaren selber knieen nun
Mit Lilienstäben vor des Vaters Thron,
Und durch die Rosenwolken wehn die Lieder
Der sel'gen Geister feierlich hernieder.

O heil'ge Andacht, welche jedes Herz
Mit leisen Schauern wunderbar durchdringt!
O sel'ger Glaube, der sich himmelwärts
Auf des Gebetes weißem Fittich schwingt!
In milde Thränen löst sich da der Schmerz,
Indeß der Freude Jubel sanfter klingt.
Ave Maria! wenn die Glocke tönet,
So lächeln Erd' und Himmel mild versöhnet.

Der letzte Skalde.

Im Föhrenwalde ging der Sturm,
Mitternacht war die Stunde,
Da trat in des alten Sängers Thurm
Der Knab' mit trüber Kunde:

„Hört auf mit Lesen nun, Herr Skiold,
Schaut auf von eurem Buche!
Der alte Swerker lieb und hold,
Der liegt im Leichentuche."

Da seufzte der Sänger tief empor:
„Sei Friede mit dem Biedern!
Doch weh! Mir starb das letzte Ohr,
Das horchte meinen Liedern.

Wohl fechten die Andern tagaus, tagein,
Doch sind sie des Skalden vergessen,
Und werden einst selber vergessen sein,
So kühn sie des Ruhms sich vermessen.

Ich aber habe zur Neige nun
Des Lebens Kelch geleeret;
Wohl mag der Sänger gehn und ruhn,
Wo niemand sein begehret.

Auf, Knabe, schwinge die Fackel stolz
Empor zur Balkendecke,
Daß prasselnd von dem dürren Holz
Die volle Flamme lecke!

Dann eil' hinaus zum Walde frei,
Nimm mit, was du erworben,
Und sage den Leuten rings, es sei
Der letzte Skalde gestorben." —

Und als der Knabe floh, da stand
Schon auf der Zinnen Höhe,
Und wie ein königlich Gewand
Schlug um ihn her die Lohe.

Die Harfe hielt er goldesschwer
Und sang vom Thurmesgipfel,
Da neigten die Föhren rings umher
Ihre geröteten Wipfel.

Doch als gemach das Lied verscholl,
Verloschen auch die Flammen;
Es stürzte dampfend mit Geröll
Der alte Thurm zusammen.

Da lag nun unter Schutt und Brand
Begraben der letzte Skalde,
Und niemand sang im ganzen Land,
Als nur die Vögel im Walde.

Epigonen.

Ich kam in einen grünen Hain,
Viel Eichen standen in der Runde,
Durch die gewölbte Laubrotunde
Floß goldner Sonnenglanz herein;
Da streckt' ich mich ins Gras zur Ruh
Und sah dem Spiel der Blätter zu.

Nach fünfzig Jahren kam ich wieder,
Doch mocht' ich andres da erschaun:
Die schönen Wipfel lagen nieder,
Die Stämme waren ausgehaun;
Statt dessen blühten in der Rund
Viel tausend Blümlein, klein, doch bunt.

Und weil die Eichen nun verschwunden,
Brüsten sich stolz die Blümelein,
Und meinen gar in manchen Stunden,
Sie möchten selbst wohl Eichen sein.

Wolle Keiner mich fragen.

Wolle Keiner mich fragen,
Warum mein Herz so schlägt,
Ich kann's nicht fassen, nicht sagen,
Was mich bewegt.

Als wie im Traume schwanken
Trunken die Sinne mir;
Alle meine Gedanken
Sind nur bei dir.

Ich habe die Welt vergessen,
Seit ich dein Auge gesehn;
Ich möchte dich an mich pressen
Und still im Kuß vergehn.

Mein Leben möcht' ich lassen
Um ein Lächeln von dir,
Und du — ich kann's nicht fassen —
Versagst es mir.

Ist's Schicksal, ist's dein Wille?
Du siehst mich nicht; —
Nun wein' ich stille, stille,
Bis das Herz mir zerbricht.

Die junge Nonne.

Ach Gott, was hat mein Vater und meine Mutter gedacht,
Daß sie mich zu den Nonnen in das Kloster gebracht!
Nun darf ich nimmer lachen und muß im Schleier gehn,
Und darf kein liebend Herze mein Herze verstehn.

Sie haben abgeschnitten mein langes schwarzes Haar,
Hat keiner sich erbarmet meiner sechzehn Jahr;
Ich bin schon so betrübt und bin doch noch so jung,
Und hat die Welt der Freuden doch für Alle genung.

An meiner Zelle Fenster bau'n die Vögelein,
Da möcht' ich oft mit ihnen so frei und lustig sein.
Ich höbe meine Flügel und fände wohl den Steg
Weit über alle Thürme und Klöster hinweg.

Und wenn der Abend dämmert und dunkelt die Nacht,
Hab' ich viel tausendmal an meinen Schatz gedacht;
Nun bin ich eine Nonne, mein Schatz ist so weit,
Drum fließen meine Thränen allezeit.

Es fließen wohl die Wellen mitsammen in das Meer,
Es fliegen mitsammen die Vögel drüber her,
Der Tag hat seine Sonne, die Nacht den Sternenschein;
Nur muß ich alle Stunden einsam sein.

Ich wollt', sie läuteten im Kreuzgang erst um mich,
Und trügen mit den Kerzen mich still und feierlich;
Da wär' ich los auf einmal von aller Noth und Pein,
Und dürfte mit den Engeln wieder fröhlich sein.

Mädchenlieder.

I.

In meinem Garten die Nelken
Mit ihrem Purpurstern
Müssen nun alle verwelken,
Denn du bist fern.

Auf meinem Herde die Flammen,
Die ich bewacht so gern,
Sanken in Asche zusammen,
Denn du bist fern.

Die Welt ist mir verdorben,
Mich grüßt nicht Blume, nicht Stern;
Mein Herz ist lange gestorben,
Denn du bist fern.

II.

Wohl waren es Tage der Sonne,
Die Bäume blühten im Mai,
Dein Blick sprach Liebeswonne —
Das ist vorbei.

Verblüht sind lange die Bäume,
Der Herbst ist kommen geschwind;
Die Träume, die schönen Träume
Verweht der Wind.

III.

Gute Nacht mein Herz und schlummre ein!
In diesen Herbstestagen
Ohne Blumen und Sonnenschein,
Was willst du schlagen?

Dein Schmerz ist aus, deine Lust ist todt,
Verweht sind Lenz und Lieder;
Der Liebe Röslein purpurroth
Blüht nimmer wieder.

Singend zog er ins Land hinein,
Der falsche, liebe Knabe —
Und du? — Im stillen Grabe
Schlafe mein Herz, schlaf' ein!

Lied.

Die Sonne brannte heiß am Tage,
Nun wird es auf den Abend kühl;
Die Wolken ziehn in dunkler Lage,
Und durch die Luft weht Harfenspiel.
Mir ist so eigen, ist so trübe,
Mein Herz strebt in die Ferne fort,
Es denkt an seine alte Liebe
Und sinnt auf ein verloren Wort.

Umsonst! Ich werd' ihn nimmer finden,
Den Spruch, der Seelen binden mag;
Warum auch gab ich ihn den Winden,
Da er auf meinen Lippen lag!
Ach! Immer finstrer wird der Schatten;
Ich steh' allein in öder Nacht,
Und keine Stätte harrt des Matten,
Und niemand ist, der mit mir wacht.

Antwort.

Du fragst mich, liebe Kleine,
Warum ich sing' und weine,
Du fragest, was mich schmerzt?
Ich habe den Lenz versäumet,
Ich habe die Jugend verträumet,
Ich habe die Liebe verscherzt.

Mir schwoll der Becher am Munde,
Ich hatte nicht Durst zur Stunde,
Ich ließ vorüber ihn gehn;
Mir winkt' im grünen Laube
Granate, Feig' und Traube,
Doch hab' ich sie lassen stehn.

Und als nun kam der Abend,
Die Sonn' im Glanz begrabend,
Da war mein Durst erwacht;
Aber der Becher der Wonnen,
Die Früchte waren zerronnen,
Und dunkelte rings die Nacht.

Die Welt hat mich verlassen;
Nun sing' ich auf den Gassen
Mein Lied, wie tief es schmerzt:
Ich habe den Lenz versäumet,
Ich habe die Jugend verträumet,
Ich habe die Liebe verscherzt.

O sieh mich nicht so lächelnd an.

O sieh mich nicht so lächelnd an,
Du Röslein jung, du schlankes Reh!
Dein Blick, der jedem wohlgethan,
Mir thut er in der Seele weh;
  Mein Herz wird trüb und trüber
  Bei deiner Freundlichkeit;
  Vorüber ist, vorüber
  Der Liebe Zeit.

Ja wär' ich jung und froh wie du,
Und wär' ich so frisch, und wär' ich so rein:
Wie schlüge mein Herz dem deinen zu,
Wie könnten wir selig zusammen sein!
  Wie sollte durch's Gemüthe
  Mir ziehn ein süßer Traum!
  Doch so — was soll die Blüte
  Am welken Baum?

Mein Leben liegt im Abendroth,
Deins tritt erst ein in den sonnigen Tag;
Mein Herz ist starr, mein Herz ist todt,
Deins hebt erst an den lustigsten Schlag;

Du schaust nach deinem Glücke
In goldne Fernen weit,
Ich blicke schon zurücke
In alte Zeit.

Drum sieh mich nicht so freundlich an,
Du Röslein jung, du schlankes Reh!
Dein Blick, der Jedem wohlgethan,
Mir thut er in der Seele weh.
Laß scheiden mich und wandern
Die Welt hinauf, hinab;
Du findest einen Andern,
Und ich — ein Grab.

Herbstgefühl.

O wär' es blos der Wange Pracht,
Die mit den Jahren flieht!
Doch das ist's, was mich traurig macht,
Daß auch das Herz verblüht;

Daß, wie der Jugend Ruf verhallt
Und wie der Blick sich trübt,
Die Brust, die einst so heiß gewallt,
Vergißt, wie sie geliebt.

Ob von der Lippe dann auch kühn
Sich Witz und Scherz ergießt,
's ist nur ein heuchlerisches Grün,
Das über Gräbern sprießt.

Die Nacht kommt, mit der Nacht der Schmerz,
Der eitle Flimmer bricht;
Nach Thränen sehnt sich unser Herz,
Und findet Thränen nicht.

Wir sind so arm, wir sind so müd,
Warum, wir wissen's kaum;
Wir fühlen nur, das Herz verblüht,
Und alles Glück ist Traum.

Von Dingen, die man nicht antasten soll.

Ich hatt' ein Bildniß wunderfein,
Mit zarten Farben ausgemalt,
Das hat mit seinem bunten Schein
Gar lieb ins Auge mir gestrahlt;
Ich hielt es ganz für mich allein,
Und wo ich war, da mußt' es sein.
Tags stand's an meiner Arbeitsstätte,
Zu Nacht hing's über meinem Bette,
Und selbst in meinem schönsten Traum
Wie hold es blüht', ihr glaubt es kaum.

Da dachten die Leute in der Stadt:
„Was der wohl so besondres hat!"
Kamen herbei von allen Enden,
Betasteten es mit plumpen Händen,
Hielten es gegen Feuer und Licht,
Ob auch die Farben in der Richt,
Wischten am Firniß hier und dort,
Und hingen's dann an seinen Ort.

Die Leute sind ein eigen Geschlecht,
Meinen, sie hätten vollkommen Recht,

Sagen, mir bliebe das Bild ja doch,
Und ich auch sei derselbe noch;
Ich aber schlage die Augen nieder,
Und wenn ich auf mein Kleinod seh,
Thut's mir im tiefsten Herzen weh.
Der Schmelz ist hin und kommt nicht wieder.

Verlorene Liebe.

Und fragst du mich mit vorwurfsvollem Blick:
Warum so trübe? Welch ein Mißgeschick
Vermag der Seele Frieden dir zu stören? —
Wohlan! Es sei! Die nächt'ge Stund' ist gut,
Im Becher glüht der Traube dunkles Blut —
Von meiner Jugendliebe sollst du hören.

Ich war ein Knab', wie andre Knaben sind,
Halb trotzig heißer Jüngling, halb noch Kind,
Zu scheu, des Lebens Räthsel zu entsiegeln;
Mein junges Herz war voll und sehnsuchtsschwer,
Es wußte kaum, weßhalb — es glich dem Meer,
Das still des Mondes harrt, ihn abzuspiegeln.

Da fand ich Sie, das blonde Kind der Flur,
Und zwiegeschaffen fühlten wir uns nur,
Uns neu zu einen wie in Edens Räumen;
Blau war ihr Auge, wie die Sommernacht;
Und diese Lippen! — Wem sie nur gelacht,
Der mußt' hinfort von heißen Küssen träumen.

Wohl blüht' uns damals eine schöne Zeit,
Als wir in dunkler Waldeseinsamkeit
Das Reh belauschten und der Knospen Schwellen,
Als wir im Kahne — Dämmrung rings umher —
Uns wiegten auf dem abendstillen Meer,
Vom Spätroth nur gesehn und von den Wellen;

Als wir auf mondbeleuchtetem Balkon
Zweistimmig sangen zu der Laute Ton,
Als wir uns heimlich flüsternd dann umfingen,
Und Aug' in Auge seligen Erguß
Herniederthaute, und im ersten Kuß
Die Seelen brennend an einander hingen.

O wär' ich bei des ersten Kusses Tausch
Damals gestorben in beglücktem Rausch,
Aus weichen Armen in die Gruft getrieben!
Ich wäre jetzt kein Greis mit braunem Haar,
Frisch außen, innen Leiche. — O fürwahr,
Es stirbt als Knabe, wen die Götter lieben.

Nun mußt' ich sie verlieren. An den Mann
Ist sie gebannt, den sie nicht lieben kann,
Dem ihre ersten Küsse nicht zu eigen.
Er führte lächelnd zum Altar sie fort:
Sie wurde bleich, der Priester sprach das Wort,
Ich aber stand dabei und mußte schweigen.

Und denk' ich dran, so kocht in Grimm mein Herz,
Und wie ein kaltes Eisen fährt der Schmerz
Mir durch die Brust, und jeder Trost versaget.
Darum bin ich so trüb, darum so wild.
Doch nun hinweg damit! — Das Glas gefüllt!
Beim Weine will ich schwärmen, bis es taget.

Auf dem Waſſer.

Nun wollen Berg und Thale wieder blühn,
Die Winde ſäuſeln durch der Wipfel Grün,
Des Waldhorns Klang verſchwimmt im Abendroth —
Ich möchte froh ſein, doch mein Herz iſt todt.

Die Freunde rudern friſch und ſäumen nicht,
Des Waſſers Furche blinkt im Sternenlicht,
Die Cither klingt, im Takte ſchwebt das Boot —
Ich möchte froh ſein, doch mein Herz iſt todt.

Der Mond geht auf und lauter wird die Luſt,
Es drängen Lieder ſich aus jeder Bruſt,
Der Wein im Becher glutet dunkelroth —
Ich möchte froh ſein, doch mein Herz iſt todt. ·

Und ſtiege meine Lieb' aus ihrem Grab
Mit all den Wonnen, die ſie einſt mir gab,
Und böte Alles, was ſie einſt mir bot:
Umſonſt! — Denn hin iſt hin und todt iſt todt.

Des Müden Abendlied.

Verglommen ist das Abendroth,
Da tönt ein fernes Klingen;
Ich glaube fast, das ist der Tod,
Der will in Schlaf mich singen.
O singe nur zu,
Du Spielmann du!
Du sollst mir Frieden bringen.

Ein weiches Bette der Rasen giebt,
Es säuseln so kühl die Cypressen,
Und was ich gelebt, und was ich geliebt,
Ich will es Alles vergessen.
Keinen Ruhm, kein Glück
Lass' ich zurück,
Hab' nichts als Schmerzen besessen.

So fahr' denn wohl du arge Welt
Mit deinen bunten Schäumen!
Was dich ergötzt, was dir gefällt,
Wie gern will ich's versäumen!
Schon wehet die Nacht
Mich an so sacht;
Nun laßt mich ruhn und träumen.

O Jugendzeit.

O Jugendzeit, du grüner Wald,
Darin der Liebe Röslein blüht,
Wie ist dein Rauschen mir verhallt,
Verhallt im Ohr und im Gemüth!
Voll Liebeslust der frische Muth,
Der helle Blick, der kecke Sinn,
Das rasche, rothe Dichterblut,
O sprich, o sprich, wo sind sie hin!

Es kamen Zeiten schwer wie Blei,
Der Zweifel schlich in diese Brust,
Der Traum der Neigung floh vorbei,
Und blasser wurden Licht und Lust;
Und wenn ich in die Zukunft schau,
Das ist nicht mehr das alte Gold,
Ich seh' ein trübes Nebelgrau,
Wie's herbstlich um die Berge rollt.

Und doch getrost! Die Blütenzeit
Verweht hat sie des Windes Flucht;
Doch reift in tiefer Einsamkeit
Und unter Schmerzen reift die Frucht.

Die Sehnsucht laß' ich nimmer los;
Sie wächst in kranker Brust und schwillt,
Wie in der dunkeln Muschel Schooß
Empor die lichte Perle quillt.

Drum klag' ich nicht, drum zag' ich nicht,
Sie halt' ich fest in Noth und Pein,
Und wenn mein Herz im Kampfe bricht,
So muß die Sehnsucht Flügel sein.
Da schwingt sie kühn sich auf mit mir,
Daß hell wie Liebesgruß es schallt,
Und schwebt, und trägt mich heim zu dir
O Jugendzeit, du grüner Wald!

Wie es geht.

Sie redeten ihr zu: Er liebt dich nicht,
Er spielt mit dir — Da neigte sie das Haupt,
Und Thränen perlten ihr vom Angesicht
Wie Thau von Rosen; o, daß sie's geglaubt!
Denn als er kam und zweifelnd fand die Braut,
Ward er voll Trotz: nicht trübe wollt' er scheinen;
Er sang und spielte, trank und lachte laut,
Um dann die Nacht hindurch zu weinen.

Wohl pocht' ein guter Engel an ihr Herz:
„Er ist doch treu, gieb ihm die Hand, o gieb!"
Wohl fühlt' auch er durch Bitterkeit und Schmerz:
„Sie liebt dich doch, sie ist ja doch dein Lieb,
Ein freundlich Wort nur sprich, ein Wort vernimm,
So ist der Zauber, der euch trennt, gebrochen."
Sie gingen — sahn sich — o, der Stolz ist schlimm!
Das Eine Wort blieb ungesprochen.

Da schieden sie. Und wie im Münsterchor
Verglimmt der Altarlampe rother Glanz —
Erst wird er matt; dann flackert er empor
Noch einmal hell, und dann verlischt er ganz —

So starb die Lieb' in ihnen, erst beweint,
Dann heiß zurückersehnt, und dann — vergessen,
Bis sie zuletzt, es sei ein Wahn, gemeint,
Daß sie sich je dereinst besessen.

Nur manchmal fuhren sie im Mondenlicht
Vom Kissen auf. Von Thränen war es naß,
Und naß von Thränen war noch ihr Gesicht,
Geträumet hatten sie — ich weiß nicht was.
Dann dachten sie der alten schönen Zeit,
Und an ihr nichtig Zweifeln, an ihr Scheiden,
Und wie sie nun so weit, so ewig weit. —
O Gott, vergieb, vergieb den Beiden!

Siehst du das Meer.

Siehst du das Meer? Es glänzt auf seiner Flut
Der Sonne Pracht;
Doch in der Tiefe, wo die Perle ruht,
Ist finstre Nacht.

Das Meer bin ich. In stolzen Wogen rollt
Mein wilder Sinn,
Und meine Lieder ziehn wie Sonnengold
Darüber hin.

Sie flimmern oft von zauberhafter Lust,
Von Lieb' und Scherz;
Doch schweigend blutet in verborgner Brust
Mein dunkles Herz.

Reue.

Die Nacht war schwarz, die Luft war schwül,
Ich fand nicht Schlaf auf meinem Pfühl,
Mein Sinn ward trüb und trüber;
Da schritten die Tage der alten Zeit
Zu langem, langem Zug gereiht
Wehklagend mir vorüber:

„Du hattest den Lenz und du hast ihn entlaubt,
Du hattest das Heil und du hast nicht geglaubt,
Du hattest ein Herz zum Lieben,
Du hast es vertändelt mit eitlem Schein;
Nun bist du zuletzt allein, allein
Mit deinem Jammer geblieben.“

„Und wie du ringst in bangem Gebet,
Es ist zu spät, es ist zu spät,
Du darfst von Rast nicht wissen;
Dein einsam Herz ist dein Gericht.“
Ich aber drückte mein Angesicht
Lautweinend in die Kissen.

Schlaflosigkeit.

Wenn ich in den Knabenjahren
Abends hinsank auf mein Bette,
O wie war die Rast mir lieblich!
Schon nach wenig Athemzügen
Löften sich von selbst die Wimpern,
Und des Schlafes Wellen spülten
Um die Bruft mir leicht und linde,
Und der Traum mit Elfenhänden
Nahm mir von der jungen Seele
Allen kleinen Harm des Tages.

Aber jetzt wie ward es anders!
Such' ich Mitternachts mein Lager
Mit herabgebrannter Kerze:
Bleibt der süße Schlaf mir ferne;
Denn die Sehnsucht ruckt am Kiffen,
Und es laften die Gedanken
Auf mir wie ein böser Alpdruck,
Und mit Rabenflügeln schwirren
Um mein Haupt die schlimmen Sorgen.

Stundenlang mit heißem Auge
Starr' ich dann hinaus ins Dunkel,

Bis zuletzt die matte Seele
Sich verliert in dumpfen Träumen.

Ach, was gäb' ich drum, ihr Freunde,
Könnt' ich nur noch einmal wieder,
Einmal wie ein Jüngling weinen,
Einmal schlafen wie ein Knabe!

Scheiden, Leiden.

Und bist du fern, und bist du weit
Und zürnst noch immer mir,
Doch Tag und Nacht voll Traurigkeit
Ist all mein Sinn bei dir.
Ich denk' an deine Augen blau
Und an dein Herz dazu —
Ach, keine, keine find' ich je,
Die so mich liebt, wie du.

Wie stand die Welt in Rosen schön,
Da ich bei dir noch war!
Da rauscht' es grün von allen Höhn,
Da schien der Mond so klar.
Du brachst die Ros', ich küßte dich,
Ich küßt' und sang dazu:
Wohl keine, keine find' ich je,
Die so mich liebt, wie du.

Wohl bin ich frei nun, wie der Falk,
Der über die Berge fliegt,
Vor dem die Welt, die schöne Welt
Hellsonnig offen liegt;

Doch hat der Falk sein heimisch Nest,
Und wo wird mir einst Ruh?
Ach, keine, keine find' ich je,
Die so mich liebt, wie du.

O schlimmer Tag, o schlimme Stund',
Die uns für immer schied!
Da sind aus meines Herzens Grund
Geschieden Freud' und Fried'.
Nun such' ich wohl durch Land und See,
Und habe nicht Rast noch Ruh;
Doch keine, keine find' ich je,
Die so mich liebt, wie du.

Nachruf.

In diesen Zimmern haft du jüngst gewohnt,
Die Treppen hat dein schöner Fuß betreten,
Durch diese Wipfel schauteft du den Mond,
Und sahst den Sommer blühn auf diesen Beeten.

Und dort an jenem Fenfter faßest du,
Und alter Zeit gedachteft du im Herzen,
Und dort entschliefst du, wenn zu tiefer Ruh
Dein Nachtgebet besprochen alle Schmerzen.

Ach, da du fortzogst, mußt' es jedem sein,
Als ob der Engel dieses Hauses schiede;
Ich aber trat an deiner Statt herein,
Ein wilder Gaft mit meinem wilden Liede.

Nun ist mir oft, als wüßten sie von dir
Und müßten reden diese stummen Wände,
Als schwebt' um Garten, Wald und Blumen hier
Ein still Vermächtniß, das ich nicht verftände.

Und doch, verständ' ich's, möcht' es mir — wer weiß! —
Vom Busen wälzen eine Last von Kummer,
Und diese Wimper müd und fieberheiß
Mit Thränen wieder segnen und mit Schlummer.

Wüßt' ich das Eine nur, was Tag und Nacht
Die Rast mir nimmt und mir verstört das Leben,
Das Eine nur, ob du noch mein gedacht,
Und, wenn du's thatest, ob du mir vergeben?

Clotar.

(Fragment.)

1838.

Es liegt am Strand der Spree im Preußenland
Die Stadt Berlin, die jede Zeitung nennt;
Berühmt durch ihren Fritz und ihren Sand
Und tausend Dichter, welche niemand kennt;
Dort lebte noch vor Kurzem unbekannt,
Doch werth, daß ihr ihn kennet, ein Student,
Und weil mir eben andre Helden fehlen,
Will ich von meinem Freund Clotar erzählen.

Er war ein seltner Kauz, halb Mann, halb Kind,
Ein Mensch, als hätt' ihn der April geboren:
Bald heldenkühn und rasch zur That gesinnt,
Bald träumerisch in Schwärmerei verloren;
Trübsinnig heute, wetterlaunisch, blind,
Und morgen jedem Kummer abgeschworen;
Jetzt wehmuthweich, jetzt trotzig, nimmer stet —
Mit einem Wort: er war ein Stück Poet.

In der Gesellschaft, wo am blanken Theetisch
Das Wasser brodelt und der Blaustrumpf glänzt,
Und wo prosaisch bald und bald poetisch
Des Geists Rakete durch die Luft sich schwänzt,

Langweilt' er sich; er liebt' es nicht, den Fetisch
Mit anzubeten, den man just bekränzt;
Er schwieg darum, und that er auch den Mund auf,
So war's zu gähnen nur von Herzensgrund auf.

Auch haßt' er Ceremonien und Visiten,
Manschetten, Binde, Frack, den Hut im Arm,
Den Mund voll Phrasen und das Herz voll Nieten,
Und faber Püppchen aufgestutzten Schwarm;
Ja, hätte manche Dame zu gebieten,
So würde längst ihm in der Hölle warm,
Damit er qualvoll dort es lernen müsse,
Wie man die schönberingte Hand ihr küsse.

Dagegen liebt' er alte Folianten,
Woraus der Geist vergangner Größe sprach;
Wenn bleicher schon des Himmels Sterne brannten,
Saß einsam er noch oft bei ihnen wach.
Er spürt' in ihrem Schacht den Diamanten
Der Schönheit und dem Gold der Weisheit nach,
Und hörte drin mit andachtsvollem Lauschen
Des Lebens tiefverborgne Quellen rauschen.

Ernsthaft aus Werk, zum Frohsinn aufgeräumt,
Das war sein Wort, und das war seine Weise.
Seht hin! Die Cither klingt, der Becher schäumt,
Er rastet beim Gelag im Freundeskreise,

Da glänzt die Stirn, die eben noch geträumt,
Die blasse Wange färbt mit Roth sich leise,
Die Wimpern zucken rasch, die Augen blitzen,
Und seine Lippe sprüht von hundert Witzen.

—

Und fand er Mädchen, sinnig, lieb und schlicht,
Mit offner Stirn und feingewölbten Brauen,
So weilt' er gern. Ihr lächelndes Gesicht
Voll ros'gen Friedens scheucht' ihm jedes Grauen;
Ihm war's, als säh' er durch des Auges Licht
Der Seele tiefen Himmel glänzend blauen;
Im Herzen klang ihm leise Melodie,
Und Liebe fühlt' er nicht, doch ahnt' er sie.

Wir werden lieben! — Schöne Dämmerzeit!
Die Luft ist still, nur schauert's. in den Bäumen;
Erröthend dehnt der Himmel sich so weit,
Die Vögel schlafen noch, die Blumen träumen
Und duften aus dem Traume; weit und breit
Zieht leichter Nebel an den Bergessäumen;
Doch Alles kündet schon, daß strahlenvoll
Der Sonne Gruß die Welt entzünden soll. —

Es war April. Der Schnee im Thal zerschmolz,
Die Ströme tanzten siegreich durch die Flur,
Die. ersten Schwäne wiegten flügelstolz
Den Leib im tiefen sonnigen Azur,

Von harz'gen Knospen schwoll das dürre Holz,
Durch dessen Kronen lau der Westhauch fuhr,
Und schüchtern aus dem lockern Boden trat
Vom Licht geweckt die erste grüne Saat.

O kennt ihr jene Sehnsucht, die so mild
Zu dieser Zeit die Menschenbrust durchzieht;
Die sanft mit jedem Frühlingshauche schwillt,
Mit jedem Veilchen voll und voller blüht,
Die, o so süß und doch so ungestillt,
Kaum weiß, wonach sie seufzt, wofür sie glüht,
Und endlich, wenn der Abendstern erscheint,
Der Hoffnung und Erinn'rung Thränen weint?

Dieselbe Sehnsucht ist's, die in der Nacht
Die Nachtigall der Rose schmelzend klagt,
Dieselbe, die vom süßen Traum erwacht
Uns seufzen läßt, daß es schon wieder tagt,
Dieselbe, die im Mädchenherzen sacht
Sich regt und dennoch sich zu regen zagt,
Wenn sechzehnjährig es zum erstenmal
Entgegenknospt der Liebe jungem Strahl. —

Es war April. Am Fenster stand Clotar
Und sah hinaus zum weiten Himmelsbogen,
Wo aus dem Blau die Sonne licht und klar
Herniederschien, und wo die Schwalben zogen,

Und auch in seiner Brust fing wunderbar
Der Wellenschlag der Sehnsucht an zu wogen,
Ihm war's, als rief's ihn aus dem dumpfen Haus
Mit tausend Stimmen in die Welt hinaus.

Und plötzlich fuhr er auf, wie aus dem Traum
Ein Kranker fährt, wenn er sich fühlt genesen —
Vom Auge reibt er sich des Schlummers Flaum,
Und nicht begreift er, was mit ihm gewesen;
Was hinten liegt, däucht ihm ein Leben kaum,
Der Zukunft farb'ge Blätter will er lesen,
Er ruft: Hinaus, um neue Kraft zu saugen!
Das frische Grün ist gut für trübe Augen.

Und von der Wand nahm er den Wanderstab,
Den Ariost und seine treue Laute;
Dann ging's die Friedrichsstraße rasch hinab,
Die schattenlos einförmig langgebaute;
Ihn kümmert's wenig, daß auf ihn herab
Aus manchem Fenster man verwundert schaute;
Zum Hall'schen Thor schritt er hinaus in Ruh,
Und wandert' ohne Umschau'n rüstig zu.

Doch fürcht' ich wahrlich, mancher wird mich schelten,
Daß meinen Helden ich so ungerührt
Von dannen schicke, und ich lass' es gelten,
Berlin hat Vieles, dem ein Lob gebührt.

Schön ist's unstreitig Abends an den Zelten,
Wenn man sein Liebchen dort spazieren führt;
Schön ist's im fischberühmten Stralau, Dank o
Neptunus dir, und schön ist's auch in Pankow.

Schön ist der Staub der wimmelnden Chausseen,
Schön ist der Fähndrichs feingeschnürtes Corps,
Schön sind die nachgeäfften Propyläen
Mit Treppen drauf, das Brandenburger Thor,
Schön des Ballets hochaufgeschürzte Feen,
Und schön des Colosseums Damenflor,
Ja, schön sind Menschen, Wasser, Luft und Erde,
Vor allem die Charlottenburger Pferde — —

Traumkönig und sein Lied.

Süß schlummert das Mädchen im Kämmerlein;
Gebettet auf reinlichem Pfühle;
Die Sommernacht haucht würzig herein
Mit ihrer erquickenden Kühle.

Am Fenster blühn die Rosen zumal,
Es duften so süß die Linden,
Kaum mag des Mondes goldner Strahl
Durch's Laub den Eingang finden.

Doch plötzlich stärker wird der Duft,
Glühwürmchen weben und flimmen,
Es rauschen die Blätter, es klingt die Luft
Von leisen melodischen Stimmen:

„Süß Lieb, süß Lieb, und wiege dich fein
Auf stillen Schlummerwogen!
Traumkönig will dein Liebster sein
Traumkönig kommt gezogen."

Da steht der Elf zu Häupten ihr,
Er schüttelt die Locken, die dunkeln,
Daß hell an seiner Krone Zier
Die Edelsteine funkeln.

Dann beugt er sich sanft auf die Holde herab,
Küßt Stirn und Lippen ihr leise,
Und zieht mit goldenem Zauberstab
Umher viel luftige Kreise.

Und wie er sie weiter und weiter schlingt,
Da wird zum Palaste das Stübchen,
Drin ruhn, von fürstlichem Glanz umringt,
Traumkönig und sein Liebchen.

Aus purpurnen Polstern bereitet schwillt
Die prächtige Lagerstätte;
Von ferne dämmert die Lampe mild,
Zwei Pagen knien am Bette.

Und drüber in silbernem Reifen schwingt
Ein Vogel sein farbig Gefieder,
Er schaukelt sich sacht wie im Schlaf und singt
Ein Brautlied schmelzend hernieder.

So ruht Traumkönig beim Liebchen sein
In traulichem Küssen und Kosen,
Bis hell das Lager der Morgenschein
Bekränzt mit leuchtenden Rosen.

Dann schwindet der Elfe von dannen sacht,
Rings ist der Zauber zerflossen,
Und auch das Mädchen, das holde, erwacht,
Von lieblicher Scham übergossen.

Doch als sie empor nun die Augen schlägt,
Von langen Wimpern umsäumet,
Da seufzt sie, da preßt sie das Herz bewegt:
Ach, war denn mein Glück nur geträumet!

In der Ferne.

Sag an, du wildes oft getäuschtes Herz,
Was sollen diese lauten Schläge nun?
Willst du nach so viel namenlosem Schmerz
Nicht endlich ruhn?

Die Jugend ist dahin, der Duft zerstob,
Die Rosenblüte fiel vom Lebensbaum;
Ach, was dich einst zu allen Himmeln hob,
Es war ein Traum.

Die Blüte fiel, mir blieb der scharfe Dorn,
Noch immer aus der Wunde quillt das Blut;
Es sind das Weh, die Sehnsucht und der Zorn
Mein einzig Gut.

Und dennoch, brächte man mir Lethe's Flut,
Und spräche: Trink, du sollst genesen sein,
Sollst fühlen, wie so sanft Vergessen thut, —
Ich sagte: Nein!

War Alles nur ein wesenloser Trug,
Er war so schön, er war so selig doch;
Ich fühl' es tief bei jedem Athemzug,
Ich liebe noch.

Drum laßt mich gehn, und blute still mein Herz,
Ich suche mir den Ort bei Nacht und Tag,
Wo mit dem letzten Lied ich Lieb' und Schmerz
Verhauchen mag.

Cita mors ruit.

Der schnellste Reiter ist der Tod;
Er überreitet das Morgenroth,
Des Wetters rasches Blitzen;
Sein Roß ist fahl und ungeschirrt,
Die Senne schwirrt, der Pfeil erklirrt
Und muß im Herze sitzen.

Durch Stadt und Dorf, über Berg und Thal,
Im Morgenroth, im Abendstrahl
Geht's fort in wildem Jagen,
Und wo er floh mit Ungestüm,
Da schallen die Glocken hinter ihm,
Und Grabeslieder klagen.

Er tritt herein in den Prunkpalast,
Da wird so blaß der stolze Gast,
Und läßt von Wein und Buhle;
Er tritt zum lustigen Hochzeitschmaus,
Ein Windstoß löscht die Kerzen aus,
Bleich lehnt die Braut im Stuhle.

Dem Schöffen blickt er ins Gesicht,
Der just das weiße Stäblein bricht,
Da sinkt's ihm aus den Händen;
Ein Mägdlein windet Blüt' und Klee,
Er tritt heran; ihr wird so weh —
Wer mag den Strauß vollenden!

Drum sei nicht stolz, o Menschenkind!
Du bist dem Tod wie Spreu im Wind,
Und magst du Kronen tragen.
Der Sand verrinnt, die Stunde schlägt,
Und eh' ein Hauch dies Blatt bewegt,
Kann auch die deine schlagen.

Friedrich Rothbart.

Tief im Schooße des Kyffhäusers
Bei der Ampel rothem Schein
Sitzt der alte Kaiser Friedrich
An dem Tisch von Marmorstein.

Ihn umwallt der Purpurmantel,
Ihn umfängt der Rüstung Pracht,
Doch auf seinen Augenwimpern
Liegt des Schlafes tiefe Nacht.

Vorgesunken ruht das Antlitz,
Drin sich Ernst und Milde paart:
Durch den Marmortisch gewachsen
Ist sein langer, goldner Bart.

Rings wie ehr'ne Bilder stehen
Seine Ritter um ihn her,
Harnischglänzend, schwertumgürtet,
Aber tief im Schlaf, wie er.

Heinrich auch, der Ofterdinger,
Ist in ihrer stummen Schaar,
Mit den liederreichen Lippen,
Mit dem blondgelockten Haar.

Seine Harfe ruht dem Sänger
In der Linken ohne Klang;
Doch auf seiner hohen Stirne
Schläft ein künftiger Gesang.

Alles schweigt, nur hin und wieder
Fällt ein Tropfen vom Gestein,
Bis der große Morgen plötzlich
Bricht mit Feuersglut herein;

Bis der Adler stolzen Fluges
Um des Berges Gipfel zieht,
Daß vor seines Fittichs Rauschen
Dort der Rabenschwarm entflieht.

Aber dann wie ferner Donner
Rollt es durch den Berg herauf,
Und der Kaiser greift zum Schwerte,
Und die Ritter wachen auf.

Laut in seinen Angeln tönend
Springet auf das ehr'ne Thor;
Barbarossa mit den Seinen
Steigt im Waffenschmuck empor.

Auf dem Helm trägt er die Krone
Und den Sieg in seiner Hand;
Schwerter blitzen, Harfen klingen,
Wo er schreitet durch das Land.

Und dem alten Kaiser beugen
Sich die Völker allzugleich
Und auf's Neu zu Aachen gründet
Er das heil'ge deutsche Reich.

Sehnsucht.

Ich blick' in mein Herz und ich blick' in die Welt,
Bis vom Auge die brennende Thräne mir fällt;
Wohl leuchtet die Ferne mit goldenem Licht,
Doch hält mich der Nord — ich erreiche sie nicht.
O die Schranken so eng, und die Welt so weit,
Und so flüchtig die Zeit!

Ich weiß ein Land, wo aus sonnigem Grün
Um versunkene Tempel die Trauben glühn,
Wo die purpurne Woge das Ufer beschäumt,
Und von kommenden Sängern der Lorbeer träumt;
Fern lockt es und winkt dem verlangenden Sinn,
Und ich kann nicht hin!

O hätt' ich Flügel, durch's Blau der Luft
Wie wollt' ich baden im Sonnenduft!
Doch umsonst! Und Stund' auf Stunde entflieht —
Vertraure die Jugend, begrabe das Lied! —
O die Schranken so eng, und die Welt so weit,
Und so flüchtig die Zeit!

Sonette und Distichen

aus

Griechenland

als Intermezzo.

—

1839—1840.

Dichterleben.

Wen einst die Muse mit dem Blick der Weihe
Mild angelächelt, da er ward geboren,
Der ist und bleibt zum Dichter auserkoren,
Ob auch erst spät der Kern zur Frucht gedeihe.

Des Lebens Pfade zeigt in bunter Reihe
Ihr ihm umsonst; er wandelt wie verloren,
Es klingt ein ferner Klang in seinen Ohren,
Er sinnt und sinnt, daß er Gestalt ihm leihe.

Der Lenz erscheint mit seinen Blütenzweigen:
Er fühlt so seltsam sich vom Hauch durchdrungen;
Die Liebe kommt: er weiß nicht mehr zu schweigen.

Und wie ein Quell, der lang' ans Licht gerungen,
Bricht's nun hervor gewaltig, tonreich, eigen,
Und sieh, er hat sein erstes Lied gesungen.

Alte Poeten.

Jetzt erst erkenn' ich euren Werth, ihr Alten,
Seit ich auf eurem heil'gen Boden schreite;
Lebendig wandelt ihr mir nun zur Seite,
Ein hoher Chor befreundeter Gestalten.

Nun lehret mich der Götter ew'ges Walten
Der Greis von Chios in der Helden Streite,
Und mächtig trägt mich Pindars Lied ins Weite,
Dem wie im Sturm die Flügel sich entfalten.

Sanft spielt Horaz mit seinem leichten Spotte
Mir um die Brust, indeß den Blitz ergrimmt
Sich Juvenal erborgt vom Donnergotte.

Doch wehmuthsvoll zu süßer Klage stimmt
Tibull die Cither in umlaubter Grotte,
Wenn fern im Blau der Stern des Abends glimmt.

Auf der Akropolis zu Athen.

Bei euch, ihr hohen Säulen, laßt mich weilen,
Ihr stummen Zeugen wechselvoller Tage,
Und laßt sich mein Gemüth ergehn in Klage,
Daß nichts entrinnen mag des Schicksals Pfeilen.

Die Zeit des Glanzes saht ihr schnell enteilen,
Und was ihr dann geschaut, war eitel Plage;
Kaum les' ich noch die tausendjähr'ge Sage
Des Ruhms in euren unterbrochnen Zeilen.

Es will das Herz mir schauerlich bewegen,
Wenn ich betrachte solche Weltgeschicke,
Wie hier das freiste Volk dem Fluch erlegen.

Und wenn ich dann in meine Seele blicke,
Scheint mir der eigne Schmerz so klein dagegen,
Daß ich ihn lächelnd in der Brust ersticke.

An den Grafen von Platen.

Wenn auch nur Wen'ge deine Größe ahnen
Von jenem Volk, für das du haft gesungen,
Für das du haft gefochten und gerungen,
Voran ihm wandelnd auf der Schönheit Bahnen:

Doch sammelt schon im Schatten deiner Fahnen
Ein Häuflein sich von edlem Muth durchdrungen,
Und ob dein eigner Feldruf auch verklungen,
Wir schlagen fort die Schlacht für deine Manen.

Wir sind die Schaar, die nie von Schrecken bleiche,
Die mitten durch des Feinds gesenkte Speere
Den Weg erkämpft für eine Königsleiche.

Verpfändet haben wir die eigne Ehre,
Daß keines Buben Hand mit frechem Streiche
Die Schulter, die den Purpur trug, versehre.

Ermunterung.

Blick um dich her! Es redet dir vom Lieben
Was du nur schaust in aller Höh' und Tiefe;
Die Rose läge still im Moos und schliefe,
Wenn sie die Liebe nicht ans Licht getrieben.

Es wäre stumm die Nachtigall geblieben,
Wenn Sehnsucht ewig nicht zu Liedern riefe,
Ja, selbst der Himmel ward zum Liebesbriefe,
Mit Silberschrift auf blauen Grund geschrieben.

O sieh, wie so die Welt in süßem Zwange
Sich dreht, wie selbst das Seelenlose gerne
Sich überläßt dem allgemeinen Drange.

Drum länger nicht vom Strahl des Lebens ferne
Verschließ dein Herz; laß glühen diese Wange,
Und thu' wie Rose, Nachtigall und Sterne!

Neues Leben.

Verhalle nun Gesang der Liebesklagen,
Du langes, banges Echo meiner Leiden!
Der Tag erscheint, die trübe Nacht muß scheiden,
Die Stunde der Erlösung hat geschlagen.

Nicht länger sollt ihr Trauerfarben tragen,
Ihr meine Lieder! Nein, in bunte Seiden,
In Gold und Purpur will ich nun euch kleiden
Zu würd'ger Feier diesen Jubeltagen.

Auf denn! Im Festgewand den Tanz zu schlingen,
Kränzt euch mit Blumen, zündet lust'ge Kerzen;
Die vollsten eurer Töne laßt erklingen!

Nun gilt es, leicht in holder Form zu scherzen;
Denn Frühling kam auf Regenbogenschwingen
Und Frühling blüht und leuchtet mir im Herzen.

Eros, der Schenk.

Ich wähle mir den Liebesgott zum Schenken,
Er füllt den Becher mir aus Zauberkrügen
Und weiß das Herz in seliges Genügen,
Den Sinn in süßen Taumel zu versenken.

Auch lehrt er mich zu holdem Angedenken
Den Wein zu schlürfen in bedächt'gen Zügen,
Zu zartem Gruße Reim in Reim zu fügen,
Und sanft der Musen weißes Roß zu lenken.

Und wenn des Abends Schatten sich verbreiten
Und müb' ich ruhe von des Tags Genusse,
Erregt er sacht der Cither goldne Saiten.

Da muß im Schlaf, gleich Wimpeln auf dem Flusse,
Manch holdes Traumbild mir vorübergleiten,
Bis mich der Morgen weckt mit ros'gem Kusse.

Liebesglück.

O wie so leicht in seligen Genüssen
Sich mir die Stunden jetzt dahin bewegen!
Ins Auge schau ich dir, bist du zugegen,
Und von dir träum' ich, wenn wir scheiden müssen.

Oft zügeln wir die Sehnsucht mit Entschlüssen,
Doch will sich stets ein neu Verlangen regen,
Und wenn wir kaum verständ'ger Rede pflegen,
Zerschmilzt sie wieder uns und wird zu Küssen.

Der erste weckt Begier nach tausend neuen,
Es folgt auf Liebeszeichen Liebeszeichen,
Und jedes scheint uns höher zu erfreuen.

Nun erst begreif' ich ganz den Lenz, den reichen,
Wenn er nicht endet Rosen auszustreuen,
Die alle schön sind und sich alle gleichen.

Das Zauberschloß.

Es gibt ein Königsschloß in alten Sagen,
Durch Zauberbann in wüsten Schutt zerfallen,
Doch wenn die rechten Lösungsworte schallen,
So steigt's empor wie in der Vorzeit Tagen.

Da glänzt der Saal, die goldnen Zinnen ragen,
Jasmin und Ros' umblühn die Säulenhallen,
Es tanzen Mädchen, Purpurkleider wallen,
Und Silberharfen hörst du lieblich schlagen.

Den Trümmern glich mein Herz. Es mußte lange
In Graus und Finsterniß veröbet liegen,
Und drinnen war es leer und dumpf und bange.

Da sprachest du, den Bannfluch zu besiegen,
Das Lösungswort, und sieh mit hellem Klange
Ist draus der Liebe Zauberschloß gestiegen.

An Ludwig Achim von Arnim.

Wenn sich ein Geist erhebt in ungeschwächter
Erhabner Würde mit gewalt'gem Schritte,
Zu stolz, daß er des Haufens Gunst erbitte,
So wird er oft dem niedern zum Gelächter.

So gingest du, der treue Kronenwächter
Altdeutscher Gottesfurcht und edler Sitte,
Verkannt durch deiner Zeitgenossen Mitte,
Doch nur ein Lächeln gönnend dem Verächter.

Still schmücktest du indeß mit Kreuz und Blume
Den Dom, an dem du bautest, den weiten,
Zu Gottes Ehre, deinem Volk zum Ruhme.

Zwar sahst du nicht das Werk zum Ende schreiten,
Doch ragt's gleich jenem Kölner Heiligthume
Ein riesig Bruchstück in dem Strom der Zeiten.

An Ernst Curtius.

Wer hat der Sorge je sein Herz verschlossen?
Und flöhn wir zu des Poles eis'gen Strecken,
Sie würde dort auch uns vom Lager schrecken,
Wenn auf die Wimper kaum sich Schlaf ergossen.

Wir sehn von hellem Kerzenglanz umflossen
Sie flattern an des Prunksaals goldnen Decken;
Dem Schiffer folgt sie durch das Meer, dem kecken,
Den Reiter holt sie ein auf flücht'gen Rossen.

Drum suche nicht ihr thöricht zu entfliehen,
Mit Lächeln wolle das Geschick versöhnen,
Da keinem noch ein reines Glück gediehen.

Doch kannst du dich der Klage nicht entwöhnen,
So reise sie zum Lied, der dir verliehen,
Der leise Hauch der griechischen Kamönen.

An Hermann Kretzschmar, den Maler.

(1839.)

Es nahn und fliehn die wechselnden Gestalten,
Und was wir kaum im Herzen lieb gewannen,
Die Ferne führt es neidisch uns von dannen,
Im Lauf der Stunden muß es rasch veralten.

Da greift der Künstler in des Schicksals Walten;
Ein Zaubrer weiß er Raum und Zeit zu bannen,
Er weiß den Augenblick, den wir umspannen,
In lichten Farben selig festzuhalten.

So hast nun du mit schöpfrischem Gemüthe
Die schönste Ros' auf Hellas schönen Auen,
Dahingebannt in ew'ger Jugendblüte.

Und staunend wird es noch der Enkel schauen,
Dies Angesicht voll Majestät und Güte,
Die Königin der Griechen und der Frauen.

Verwünschung.

Du willst dich nicht bei unserm Feste zeigen,
Wo auf dem Rasen unter grünen Bäumen
Guitarren klingen und Pokale schäumen,
Und Reb' und Rose sich zum Kranz verzweigen.

Du fliehst den Scherz, den Becherklang, den Reigen,
Um stumm daheim von nicht'gem Leid zu träumen;
Des Lebens Liebesblick willst du versäumen,
Um einem Luftgebild das Ohr zu neigen.

Du willst an schöner Augen Blitz nicht glauben,
Und wendest scheu dich ab von den Genüssen,
Die uns gewährt der süße Gott der Trauben.

So sei dir ewig denn von jenen Küssen
Die Glut verschlossen, die so sanft sich rauben,
Und ewig sollst du Wasser trinken müssen.

Sommer im Süden.

In Teppichzelten, die zum Schlummer taugen,
Am Spiele der Gedanken sich vergnügen,
Dazwischen dann und wann in langen Zügen
Den kühlen Rauch der Wasserpfeife saugen,

Bald einsam träumen von geliebten Augen
Und mit dem Traum die Gegenwart betrügen,
Bald mit den Freunden bei gefüllten Krügen
In leichtem Witz der Thoren Werk durchlaugen,

Das ist das Einz'ge, was in diesen Tagen,
Wo alle Blumen vor der Sonne flüchten,
Mir thunlich noch erscheint und zu ertragen.

Doch wollt mich drum des Leichtsinns nicht bezüchten;
Ein Dichter darf schon auszuruhen wagen,
Denn auch sein Müßiggang ist reich an Früchten.

————

Der Ungenannten.

Die du den Blick mir zugewandt voll Güte,
Da mich die Andern in den höfisch glatten
Prunkvollen Sälen stolz vergessen hatten,
Wie dank' ich deinem freundlichen Gemüthe!

Du botest lächelnd mir des Herzens Blüte,
Mit süßem Wort erquicktest du den Matten,
So mag ein Quell in hoher Palmen Schatten
Den Pilger laben, der von Durst entglühte.

Und doch! Nicht folgen darf ich jenem Glücke,
Das deine Gunst so reich mir zugewogen!
Mich hält das Herz, mich hält die Pflicht zurücke.

Denn zwischen uns ist eine Kluft gezogen,
Die sich verbinden läßt durch keine Brücke,
Und die noch keiner glücklich überflogen.

Unruhiger Sinn.

Es treibt mich stets ein wechselndes Verlangen;
Bald möcht' ich unter meiner Heimath Linden
Am eignen Herd ein schattig Plätzchen finden,
Um dort zu rasten ohne Wunsch und Bangen;

Bald wieder möcht' ich, sonnverbrannt die Wangen,
Des Südens Meer durchschweifen mit den Winden,
Bis ferne, wo die letzten Pfade schwinden,
Der Wüste Palmenschatten mich umfangen.

Der jähe Wechsel ruht auf Einem Grunde;
Zur Heimath leitet mich ein süßes Träumen,
Sie bringe mir ein Wort aus liebem Munde.

Doch bin ich dort, so fühl' ich ohne Säumen:
Noch immer nicht erschien das Glück zur Stunde,
Und wieder such' ich's in den fernsten Räumen.

Memento mori.

Die ihr den Geist zu fernen Bahnen lenket
Und nächtlich sinnt bis zu des Tags Erröthen,
Vergeßt nicht, daß ein Andres noch vonnöthen,
Und daß des Lebens Sold euch nicht geschenket.

Und die ihr euch in Scherz und Lust versenket,
Mit kurzem Rausch die kurze Zeit zu tödten,
Verstummen heißet die Musik der Flöten,
Setzt ab den Becher, und des Endes denket!

Auch euer wartet jene große Lücke;
Ein Abgrund bleibt der Tod, ein ewig trüber,
Wie schön mit Blumen ihn der Dichter schmücke.

Kein Liebchen tändelt fort das Gegenüber,
Kein Schluß der Weisheit schlägt die kühne Brücke,
Und nur des Glaubens Flügel trägt hinüber.

Der Liebenden.

Seitdem die Liebe dir genaht, der Reinen,
Ist's wie ein Zauber über dich gekommen;
In süßem Feuer ist dein Aug' erglommen,
Doch schöner blickt es noch in sel'gem Weinen.

Oft, wenn du wandelst, will es mir erscheinen,
Als sei die irb'sche Schwere dir genommen;
Dein Thun ist, wie der Blumen Blühn, der frommen,
Und wie der Engel ist dein Wunsch und Meinen.

Das Wort erblüht von selbst dir zum Gedichte,
Doch schweigst du, strahlt, die Rede zu ergänzen,
Von deiner Stirn die Lieb' im reinsten Lichte.

So sah dereinst, entrückt der Erde Gränzen,
Auf Beatricens schönem Angesichte
Den Strahl des Paradieses Dante glänzen.

Vergänglichkeit.

Daß Alles uns so rasch vorübereilet,
Und sich die Zeit nicht läßt in Fesseln schlagen,
Es war mir nimmermehr ein Grund zu klagen,
Wenn ich im Kreis der Fröhlichen verweilet.

Denn öfter noch hat mir es Trost ertheilet,
Wenn auf der Seele tiefe Schatten lagen;
Der bangen durft' ich dann vertrauend sagen:
Getrost! Der Sand verrinnt, die Wunde heilet.

So hofft' ich stets dem jungen Lenz entgegen,
War ich vom Frost des Winters kalt umschauert,
Und sah mit Ruh den Herbst ins Grab sich legen.

Nur Eines hab' ich immer tief betrauert,
Daß auch die schönste Blum' auf unsern Wegen,
Die Liebe selbst nur zwei Minuten dauert.

Distichen aus Griechenland.

I.

Die du die Burg dort oben bewohnst, blauäugige Pallas,
    Schau mit segnendem Blick auch auf den Sänger herab!
Zwar mir zeigte sich Eros geneigt, und der rosige Bakchos
    Blickt' aus dem Epheukranz schalkhaft verlockend mich an;
Doch du, Göttin, verleih zu dem Süßen das Maaß und
          die Weisheit,
Gieb mir das stille Gemüth, recht zu genießen, dabei!
Liebt auch die Jugend den feurigen Rausch und den Taumel
          der Wonne,
Ach, wie theuer erkauft oft sich die flüchtige Lust!
Doch wenn du die Begier mit lächelndem Ernste besänftigst,
    Wie mit frommer Musik Orpheus den Löwen gezähmt:
Nimmer entheiligt das Mahl alsdann der vergossene Becher,
    Nimmer betroffenen Blicks glühen die Mädchen vor Scham,
Sondern es wandelt im Kreis mit Blumen umwunden die
          Cither,
Und um das freundliche Fest schlingt sich der Grazien Tanz.
Dann erst wird der Genuß zum Genuß, und die Blüte der
          Freude
Treibt als schwellende Frucht manches begeisterte Lied.

II.

Fleißig blättr' ich die Alten mir durch, dann sinn' ich auf
Lieder,
Blättre wieder, und so fliehn mir die Stunden dahin.
Glücklicher Doppelgenuß! Kaum weiß ich, ist das Empfangen
Süßer, ist's das Gefühl, selber ein Dichter zu sein.
Aber ich flehe zu euch, ihr Götter, erhaltet mir gnädig
Jenen beweglichen Sinn, der sich auf beides versteht!
Laßt wie die Biene mich sein, die bald in der Rose sich
festsaugt,
Bald den gewonnenen Saft ämsig in Honig verkehrt!

III.

Jubeln am Morgen die Lerchen und dehnt in heiterer Bläue
Ueber des üppigen Thals Wipfeln der Himmel sich aus:
O wie erfreut mich alsdann Homers anmuthige Klarheit,
    Wie bewegt mir alsdann Sophokles Würde das Herz!
Doch wenn spät in der Nacht durch dämmernde Nebel der
    Mond scheint,
Und, vom Zuge berührt, zittert die Flamme des Herds,
Sei Ariost mir gegrüßt, der Poet buntfarbiger Mährchen,
    Und in phantastischen Traum wiege mich Calderon ein.

IV.

Was ich bin und weiß, dem verständigen Norden ver-
    dank' ich's;
    Doch das Geheimniß der Form hat mich der Süden
    gelehrt.

V.

Auch dem beschwerlichsten Stoff noch abzugewinnen ein Lächeln
Durch vollendete Form strebe der wahre Poet.
Kummer und Gram sei'n schön, vom erhabenen Rhythmus
besänftigt,
Selber der Brust Angstschrei werde dem Ohr zur Musik;
Und der versehrende Pfeil des Gespötts, in die Woge der
Anmuth
Sei er getaucht, klangvoll werd' er vom Bogen geschnellt.

VI.

Ebene von Marathon.

Halb von öden Gebirgen umkränzt streckt Marathons heil'ge
Thalflur gegen des Meers schimmernde Bucht sich hinab.
Feierlich schweigt es umher, stumm kreisen die Adler, und
einsam
Ueber dem weiten Gefild schwebt der Gefallenen Ruhm.

VII.

Chelidono.

Wo die Platane sich riesig erhebt im Schatten der Wald=
  schlucht,
Ragt in Trümmer bereits fallend das Kloster empor;
Längst ist der Mönche Gesang in der Kirche verhallt, und
  es duftet
Weihrauch nimmer, des Chors ewige Lampe verlosch;
Aber der Quell, der kühl am Altar aufsprudelt, erquickt noch
Häufig den Wandrer, er spricht dankend ein kurzes Gebet.

VIII.

Grab des Themistokles.

Wo am zackigen Fels das Gewog sich brandend emporbäumt,
  Senkten die Freunde bei Nacht heimlich Themistokles Leib
In heimathlichen Grund. Festgaben und Todtengeschenke
  Brachten sie dar, und es floß reichlich die Spende des
    Weins.
Aber den Zorn des verblendeten Volks kleinmüthig be=
    fürchtend
Stahlen sie leise sich heim, ehe die Dämmrung erschien.
Denksteinlos nun schlummert der Held. Doch drüben im
    Spätroth
Ragt ihm, ein ewiges Mal, Salamis Felsengestad.

IX.

Villa bei Melanes auf Naxos.

Wie sich der Garten in Duft und in Dämmerung hüllt!
        Der Orangen
Saftige Wipfel verstreun liebliches Dunkel umher.
Weithin streckt sich der Pinie Dach. Aus Silberoliven
Heben das säuselnde Haupt schlanke Cypressen empor.
Durch Weinlauben hinauf führt stattlich zur Villa die Treppe,
Aber des freundlichen Baus weite Gemächer sind leer.
Könnt' ich doch hier, entfernt von der Welt, mit der Jugend=
        geliebten
Einmal grüßen den Lenz, wann er mit Blüten sich
        schmückt,
Oder in Muße den goldfruchtbringenden Herbst hinträumen,
Nichts als Lieb' und Gesang in der beruhigten Brust!

———————

Aperanthos auf Naxos.

Ja, das heiß' ich fürwahr Dionysos heilige Stätte!
Ueppiges Traubengeländ' kränzt das gesegnete Thal.
Jeglicher Abhang triefet von Wein; um die Giebel der Häuser,
Um der Kastanien Schaft schlingt sich das grüne Gerank.
Horch, schon wandelt der bacchische Zug; schwarzäugige Jungfraun
Führen den Reihn, du vernimmst Cithern und Paukengetön,
Jener erglühende Greis auf dem Esel, er scheint mir Silenos;
Folgt nicht, die Schläfe bekränzt, bald mit den Panthern der Gott?
Aber indeß nicht lässig, o Schenk! Frisch, walte des Amtes,
Mit dem ambrosischen Trank fülle den weiten Pokal.

XI.

Jahreszeiten in Athen.

Nimmer den Sommer verweil' in Athen. Glutvollen Sirocco
Athmest du dann, und der Geist senket die Flügel verzagt.
Doch wann segnend der Herbst in röthlichem Duft durch
die Berge
Wandelt, und am Felshang tiefer die Traube sich bräunt,
Wann der Jlissos rauscht und die neuaufgrünende Thalflur
Zwischen dem Oelwald bunt mit Anemonen sich schmückt,
Welche Wonne gewährt es alsdann, mit dem Freunde der
Jugend
Auf den kolonischen Höhn unter den Blumen zu ruhn,
Oder durch's Marmorgebälk goldrosiger Säulen des Himmels
Leuchtendes Blau, einsam, stillen Gemüths zu beschaun!

XII.

Freundlicher Greis, hab' Dank! Du erquickteſt die durſtigen
Wandrer,
Die auf felſigem Steig deiner Behauſung genaht.
Selbſt zwar arm, doch ludeſt du uns in des grünenden
Weinbachs
Schatten und brachteſt uns gern was du beſaßeſt herbei;
Sorglich laſeſt du ſelbſt im Garten die ſaftigſten Trauben,
Aus dem erfriſchenden Quell ſchöpfteſt du ſelber den
Trunk.
Freundlicher Greis, hab' Dank! Zwar ſchlugſt du das
Gegengeſchenk aus,
Aber den ſegnenden Wunſch halt' ich vergebens zurück:
Möge der Stock dir blühn von den köſtlichſten Beeren und
täglich
Streue der Palme Gezweig dichteren Schatten umher;
Nimmer verſiege der labende Quell, und nimmer im Faſſe
Gehe der Weizen dir aus, nimmer im Kruge das Oel;
Doch uns möge der Wanderer Gott noch oft es gewähren,
Solch ein traulich Gemüth wiederzuſinden wie beins!

XIII.

Viel zu wissen geziemt und viel zu lernen dem Dichter,
Ach, für seinen Beruf däucht mir das Leben so kurz.
Denn er kenne die Welt und ihre Geschichten; er gehe
Bei den Alten mit Lust wie bei den Neuen zu Gast.
Fremde Länder und Sprachen erforsch' er mit willigem
Eifer,
Sei im Norden und sei unter den Palmen zu Haus.
Aber vor Allem versteh' er das Herz und die ewige Leiter
Seiner Gefühle; die Lust kenn' er und kenne den Schmerz.
Was aus Säul' und Gemälde dich anspricht, wiss' er zu
deuten,
Was dir des Waldes Geräusch flüstert, er fass' es ins
Wort.
Kunst und Natur und Welt und Gemüth, er beherrsche
sie alle;
Aber der Thor nur verlangt, daß ein Gelehrter er sei.

Drittes Buch.

Athen.

1838—1840.

Ghasel.

Zur Zeit, wenn der Frühling die Glut der Rosen entfacht
in Athen,
Wie dämmert so lieblich alsdann die selige Nacht in Athen!
Hoch leuchtet der Mond und bescheint Cypressen und Palmen
umher
Und marmornen Tempelgesäuls versinkende Pracht in Athen.
Wir aber bekränzen das Haupt und füllen die Becher mit
Wein,
Gedenkend, wie Sokrates einst die Nächte verbracht in Athen;
Von Lieb' entspinnt sich Gespräch; denn ob auch Pallas
die Burg
Beherrschen mag, Eros, der Gott, übt selige Macht in Athen;
Zur Rede gesellt sich Musik, leicht sind die Guitarren gestimmt,
Leicht regt sich des Wechselgesangs melodische Schlacht in
Athen.
Da webt manch klassisches Wort, manch leuchtender Name
sich ein;
Denn großer vergangener Zeit Erinnerung wacht in Athen.
Und kühner erbrauset das Lied; wir spenden aus vollem Pokal
Den Herrlichen, die einst gekämpft, gesungen, gedacht in
Athen.

————————

Vorwärts.

Laß das Träumen! Laß das Zagen!
Unermüdet wandre fort!
Will die Kraft dir schier versagen,
Vorwärts ist das rechte Wort.

Darfst nicht weilen, wenn die Stunde
Rosen dir entgegenbringt,
Wenn dir aus des Meeres Grunde
Die Sirene lockend singt.

Vorwärts, vorwärts! Im Gesange
Ringe mit dem Schmerz der Welt,
Bis auf deine heiße Wange
Goldner Strahl von oben fällt;

Bis der Kranz der dichtbelaubte,
Schattig deine Stirn umwebt,
Bis verklärend über'm Haupte
Dir des Geistes Flamme schwebt.

Vorwärts drum durch Feindes Zinnen,
Vorwärts durch des Todes Pein!
Wer den Himmel will gewinnen,
Muß ein rechter Kämpfer sein.

Woran ich denke.

Woran ich denk'? — An meines Lebens Morgen,
Als noch so ungestüm, so frei von Sorgen
Das jugendliche Herz mir schlug,
Als vor mir, ein besonnter Meeresspiegel,
Die Hoffnung lag, als der Gedanke Flügel
Und als die Liebe Rosen trug.

Da weilt' ich Abends, ohne zu ermatten,
Im Regen, nur um einen flücht'gen Schatten
Am hellen Fenster zu erspähn;
Und selig war ich, durft' ich aus der Ferne
Nach ihrem Auge, wie nach einem Sterne
Im tiefen Blau des Himmels sehn.

Ich sah im Duft der Lilie, die mit Schweigen
Sich aufthat, ein Gebet zum Himmel steigen,
Und meine Seele kniete mit;
Ich hörte Lieder im Geräusch der Quellen,
Die mir der Wind mit Sinken und mit Schwellen
In ungewisse Strophen schnitt.

Ja ich war fromm und frei und rein. Ich glaubte
An jede Reinheit, und mit stolzem Haupte
Sah ich hinab auf das Gewühl,
Das unter mir im engen Horizonte
Schaffen, sich freun, leben und sterben konnte,
Des Windes und der Wellen Spiel.

Nun hab' ich, ach, geschaut, erkannt, genossen;
Die Blüt' ist hin, der Farben Schmelz zerflossen,
Ich bin erprobt in Lust und Schmerz.
Ich ward ein Mann, doch konnt' ich nichts erlangen,
Als wen'ge Lieder, sonnverbrannte Wangen
Und dieses sehnsuchtsvolle Herz.

Und jene Zeit, da mir so unermessen
Die Welt noch schien, fast hab' ich sie vergessen;
Nur manchmal, wenn der Feigenbaum
An meinem offnen Fenster leise rauschet
Und still durch's Laub des Mondes Sichel lauschet,
Blickt sie mich schmerzlich an im Traum.

Der Sklav.

O wär' ich frei und reich, ein Pascha sonder Gleichen,
Wie liebt' ich dann dies Land mit seinen Lorbeersträuchen,
Von Korn und Trauben segenschwer,
Dies klare Sonnengold in den krystallnen Lüften,
Diese Gärten, durchwürzt von ew'gen Rosendüften,
Und dieses glänzend blaue Meer!

Um Mittag ruht' ich dann auf weichen Purpurdecken
Im luftigen Gemach, wo im marmornen Becken
Der Springflut Rauschen nie verstummt,
Und wo ein schwarzer Knab', am Nigerstrand geboren,
Mit krausem Wollenhaar, Goldringe in den Ohren,
Sein Liebchen zur Guitarre summt.

Oder auf stolzem Roß von ächt arab'schem Stamme,
Dessen Lauf wie der Wind, deß Auge wie die Flamme,
Flög' ich dahin durch Thal und Höhn,
Durch die Felder von Mais, beschattet von Platanen,
Den prächt'gen Strom entlang, wo stolz wie grüne Fahnen
Der Palmen breite Fächer wehn.

Und um die Zeit, wo süß die Nachtigallen klagen,
Ließ' ich ein leicht Gezelt von Seidenstoff mir schlagen
Am Berg, auf kühlem Wiesensammt;
Ich sähe fern das Meer sich dehnen unermessen,
Und an der Bucht die Stadt, und Kuppeln und Cypressen
Vom Abendpurpur überflammt.

Und dann die süße Nacht! Auf schwebender Galeere
Führ' ich bei Flötenschall hinaus zum stillen Meere,
Und bei des Halbmonds Dämmerschein
Höb' ich mit leiser Hand der Favorite Schleier
Und säh' ein dunkles Aug', in dem das tiefe Feuer
Verheißend spräche: Ich bin dein! — —

So träumte süß der Sklav. Da klirrte seine Kette,
Er fuhr verstört empor von seiner Lagerstätte
Mit bangem Blick, mit blassem Mund;
Denn schon verschwand im Blau der Morgenstern erbleichend,
Und vor ihm stand der Vogt, den krausen Bart sich streichend,
Und rief: Zur Arbeit fort, du Hund!

Platens Vermächtniß.

Noch schweift der kräft'ge Geist auf fernen Bahnen,
Und rasch durch diese Adern pocht das Leben;
Doch Stimmen giebt's, geheime, deren Mahnen
Das Herz umsonst sich müht zu widerstreben,
Und mir verkündet solch ein dunkles Ahnen:
Bald muß ich diesen Staub dem Staube geben,
Und den sie mir im Leben nicht gestatten,
Der Lorbeer wird auf meinem Grabe schatten.

Sei's immer. Ich erfüllte meine Sendung,
Ein rastlos treuer Priester der Kamönen;
Ich deutete mit jeder leisen Wendung
Ein Fackelträger nach dem Reich des Schönen.
Umwallt vom Königsmantel der Vollendung
Schritt mein Gesang dahin in Feiertönen,
Und was vordem den Griechen nur gelungen,
In deutscher Rede hab' ich's nachgesungen.

Zwar habt ihr selten meinen Ernst begriffen,
Und nie das Ziel bedacht, das ich erkoren;
Zu meinem Spotte habt ihr grell gepfiffen,
Denn seine Wahrheit kitzelt nicht die Ohren,

Und wie der Wogenschlag an Felsenriffen
Ging selbst des Liedes Maß an euch verloren;
Doch wie ihr mich verläugnet und mein Dichten,
Ich bin getrost, die Nachwelt wird mich richten.

Ist auch das Saatkorn noch nicht aufgegangen,
Das ich gestreut in unsrer Heimath Boden,
Verzagt ihr auch, von Kleinmuth noch befangen,
Des Unkrauts träge Wildniß auszuroden:
Erscheinen wird der Tag, wo mit Verlangen
Den Aschenkrug ihr suchet des Rhapsoden,
Der ringend nach der Schönheit goldnen Früchten
Vor eurem Groll zum Süden mußte flüchten.

Dann wird der deutsche Wald von Liedern schallen,
Die prächtig wie auf Adlersflügeln rauschen,
Der heitre Süden wird zum Norden wallen,
Um seines Ernstes Schätze einzutauschen.
Und heilig wird der Sänger sein vor Allen,
Und fromme Hörer werden rings ihm lauschen.
Was soll ich drum den frühen Tod beweinen? —
Der Dichter lebt, so lang die Sterne scheinen.

Winter in Athen.

Winter mit den eis'gen Locken
War mir immer sonst so leid,
Denn er hielt mit seinen Flocken
Alle Freuden eingeschneit.

Wenn die Vöglein lustig sangen,
Wenn das Bächlein rauschend zog,
Kam er plötzlich hergegangen
Wie ein mürr'scher Pädagog:

„Vöglein, laßt das dumme Lärmen!
Lüfte, laßt das laue Wehn!
Bächlein, willst du ewig schwärmen?
Besser ist's, fein still zu stehn.

Fort, du ausgelaßne Erde,
Mit dem bunten Narrenkleid!
Daß dein Anblick ehrbar werde,
Halt' ich schon ein Hemd bereit.

Und ihr andern wilden Rangen,
Blumenduft und Sonnenstrahl,
Keiner soll sich unterfangen,
Mir zu stören die Moral."

Und die Blumen wurden selten,
Bächlein stand und Vogel schwieg,
Als der Pädagog mit Schelten
Auf den Eiskatheder stieg.

Schadenfroh mit arger Tücke
Schlug er in den lust'gen Wald,
Und es stob aus der Perrücke
Ihm ein Schneegewölk alsbald.

Und der Sturm, sein böser Husten,
Ließ sich hören weit und breit,
Und wir armen Menschen wußten
Nichts zu thun in solcher Zeit. —

Doch der Süden, o wie ist er
Doppelt nun mir lieb und werth,
Seit er diesen Erzphilister
Selber zur Vernunft bekehrt!

Nicht mehr in die enge Stube
Schließt mich jetzt der Januar,
Nein, er ward ein toller Bube,
Hat ein Auge groß und klar.

An den Bergeshängen springt er
Lustig hin im grünen Kleid;
In den hohen Lüften singt er,
Blumen streut er weit und breit.

Kommt einmal Gewölk gezogen,
Wurmt ihn gleich der dunkle Tand,
Und den bunten Regenbogen
Spannt er drauf mit leichter Hand.

Gänzlich hat er auch vergessen
Pädagogik und Moral,
Unter Palmen und Cypressen
Sonnt er müßig sich im Strahl.

Manchmal nur in seltnen Zungen
Schwatzt er von der Freude Macht,
Und von seinem Hauch durchdrungen
Hab' ich dieses Lied erdacht.

Tannhäuser.

Wie wird die Nacht so lüstern!
Wie blüht so reich der Wald!
In allen Wipfeln flüstern
Viel Stimmen mannigfalt.
Die Bäche blinken und rauschen,
Die Blumen duften und glühn,
Die Marmorbilder lauschen
Hervor aus dunklem Grün.

Die Nachtigall ruft: Zurück! zurück!
Der Knab' schickt nur voraus den Blick;
Sein Herz ist wild, sein Sinn getrübt,
Vergessen Alles, was er liebt.

Er kommt zum Schloß im Garten;
Die Fenster sind voll Glanz,
Am Thor die Pagen warten,
Und droben klingt der Tanz.
Er schreitet hinauf die Treppen,
Er tritt hinein in den Saal,
Da rauschen die Sammetschleppen,
Da blinkt der Goldpokal.

Die Nachtigall ruft: Zurück! zurück!
Der Knab' schickt nur voraus den Blick;
Sein Herz ist wild, sein Sinn getrübt,
Vergessen Alles, was er liebt.

Die schönste von den Frauen
Reicht ihm den Becher hin,
Ihm rinnt ein süßes Grauen
Seltsam durch Herz und Sinn.
Er leert ihn bis zum Grunde,
Da spricht am Thor der Zwerg:
Der Unsre bist zur Stunde,
Dies ist der Venusberg.

Die Nachtigall ruft nur noch von fern,
Den Knaben treibt sein böser Stern;
Sein Herz ist wild, sein Sinn getrübt,
Vergessen Alles, was er liebt.

Und endlich fort vom Reigen
Führt ihn das schöne Weib;
Ihr Auge blickt so eigen,
Verlockend glüht ihr Leib.
Fern von des Fests Gewimmel
Da blühen die Lauben so dicht —
In Wolken birgt am Himmel
Der Mond sein Angesicht.

Der Nachtigall Ruf ist lang verhallt,
Den Knaben treibt der Luft Gewalt;
Sein Herz ist wild, sein Sinn getrübt;
Vergessen Alles, was er liebt. — —

Und als es wieder taget,
Da liegt er ganz allein;
Im Walde um ihn raget
Verwildertes Gestein.
Kühl geht die Luft von Norden
Und streut das Laub umher;
Er selbst ist grau geworden,
Und bang sein Herz und leer.

Er sitzt und starret vor sich hin,
Und schüttelt das Haupt in irrem Sinn.
Die Nachtigall ruft: Zu spät! zu spät!
Der Wind die Stimme von dannen weht.

Lied der Spinnerin.

Schnurre, schnurre, meine Spindel,
Dreh' dich ohne Rast und Ruh!
Todtenhemd und Kinderwindel
Und das Brautbett rüstest du.

Goldner Faden, kann nicht sagen,
Welch ein Schicksal dir bestimmt,
Ob mit Freuden, ob mit Klagen
Das Gespinnst ein Ende nimmt.

Anders wird's, als wir's begonnen,
Anders kommt's, als wir gehofft:
Was zur Hochzeit war gesponnen,
Ward zum Leichentuch schon oft.

Schnurre Spindel, schnurre leise,
Rund ist wie dein Rad das Glück,
Gehst du selig auf die Reise,
Kehrst du weinend wohl zurück.

In die Wolken geht die Sonne,
Schnell verweht im Wind ein Wort;
Wie der Faden rollt die Wonne,
Rollen Lieb' und Treue fort.

Schnurre Spindel, schnurr' im Kreise,
Dreh' dich ohne Rast und Ruh —
Und ihr Thränen fließet leise,
Fließet unaufhaltsam zu!

Rückerinnerung.

Oft wenn die Sommernacht auf lauen Flügeln
Von Gärten, Blütenwäldern, Rebenhügeln
Des Südens Düfte zu mir trägt,
Wenn durch das Bogenwerk am Säulengange
Der Mondstrahl spielt, und fern mit süßem Klange
Die Nachtigall am Brunnen schlägt;

Wenn mit Geplauder dann, mit Scherz und Singen
Die muntern Freunde lachend mich umringen,
Die Laut' im Arm, das Glas zur Hand:
Da werd' ich plötzlich stumm, und die Gedanken
Schweifen, Zugvögeln gleich, mit irrem Schwanken
Sehnsüchtig heim ins Vaterland.

Mir ist es dann, als sei ich doch im Grunde
Ein Schiffer nur, geführt von böser Stunde
Zu eines Zaubereilands Pracht,
Als müßt' ich dieses Mondlichts süßes Weben
Und diese Blüthendüfte freudig geben
Für Eine deutsche Nebelnacht.

Da denk' ich, wie ich bei des Herbstes Stürmen
Oftmals entlang den Kirchhof an den Thürmen
Des gothischen Doms vorüberschritt;
Die Glocken schlugen an, gleich rothen Sternen
Schwankten im Zug der Gassen die Laternen,
Und über Gräbern scholl mein Tritt.

Laut auf die Dächer prasselte der Regen;
Am Bogenthor schlug mir der Wind entgegen
Und schüttelt' heftig mit Gebraus
Die alten Ulmen, die dort finster ragen;
Doch ich, den Mantel fester umgeschlagen,
Eilte zum hohen Giebelhaus.

O Freude, wenn ich dann vom Regen tropfend,
Das Herz in ungestümer Sehnsucht klopfend,
Empor die breiten Treppen flog,
Und von den dunkeln Gallerien droben
Sich mir, vom Schein der Lampe mild umwoben,
Ein Lockenhaupt entgegen bog! —

Beim Feste.

O füllt die Pokale mit cyprischem Wein!
Laßt blinken im Becher den purpurnen Schein!
Schlürft haftigen Zuges den raschen Genuß!
So kurz ist die Jugend, so flüchtig der Kuß.

Es flammen die Rosen in duftiger Glut,
Es spiegeln die Sterne sich tief in der Flut;
Doch mehr ist als Rosen und Sterne zumal
Die Blüt' auf den Wangen, im Auge der Strahl.

Durch Blätter und Lauben bricht farbiger Glanz,
Da regt sich im Grünen melodisch der Tanz;
Heiß schlingt sich der Arm um die schöne Gestalt,
Die Blicke, die Herzen, sie finden sich bald.

So schwärmet, so küsset! Vom Himmelsgezelt
Wirft goldene Schimmer der Mond in die Welt.
Genießt! Wenn die glänzende Scheibe verblich,
Wer weiß, ob die Liebe der Brust nicht entwich!

Ich hab' einst geliebt und auf Treue gebaut,
Ich habe dem Lächeln des Frühlings vertraut;
Die Stürme des Herbstes, sie braußten daher,
Ich suchte die Blumen, und fand sie nicht mehr.

Drum haftig die blinkenden Becher geleert!
Ergreift, was die rollende Stunde bescheert!
Genießt die Minute, so lange sie glüht!
Der Frühling verwelkt und die Liebe verblüht.

Neugriechische Volkslieder.

I.

Das Mädchen im Hades.

O wie glücklich sind die grünen Felder,
O wie glücklich sind die hohen Berge,
Welche nimmermehr den Hades schauen!
Kommt der Winter, deckt er sie mit Reif zu
Und mit dichtem flockigen Gestöber;
Kommt der Frühling, grünen sie auf's Neue,
Tragen Blumen, tragen würz'ge Kräuter,
Und der Sonnenschimmer schläft auf ihnen;
Aber nimmer brauchen sie dort unten
Jene trübe Dunkelheit zu fürchten.

Hatten sich drei Riesen einst verschworen,
In das Reich der Schatten einzubrechen.
Stiegen sie hinab die dunklen Pfade,
Wanderten drei Tage und drei Nächte,
Kamen endlich in das Reich der Todten.
Wie sie Alles dort erforschet hatten,

Wollten sie zurück zum Lichte kehren.
Trat zu ihnen da ein schönes Mädchen,
Blond von Haaren, aber blaß von Wangen,
Sprach die Riesen an mit sanfter Stimme:
Nehmt mich mit hinauf, ihr lieben Riesen!
Möchte gern einmal die Sonne schauen
Und die rothen Blümlein auf dem Felde.
Drauf versetzten die gewalt'gen Riesen:
Deine seidenen Gewänder rauschen,
Deine langen blonden Locken flüstern,
An den Füßen klappern die Pantoffeln;
Können dich nicht mit uns nehmen, Mädchen,
Charon, unser Fährmann, würd' es merken.
Sprach das Mädchen drauf mit sanfter Stimme:
Meine Kleider will ich von mir legen,
Will vom Haupt die langen Locken schneiden,
Die Pantoffeln laß' ich an der Treppe;
Nehmt mich mit hinauf, ihr lieben Riesen!
Sehen möcht' ich meine beiden Brüder,
Wie am Herd sie sitzen, mich beweinend;
Meine Mutter möcht' ich klagen hören,
Klagen in der rauchgeschwärzten Hütte,
Daß ihr liebstes Töchterlein gestorben.
Sprachen drauf die Riesen: Liebes Mädchen,
Bleib' nur unten bei den bleichen Schatten!
Deine Brüder singen in den Schenken,
Und dein Mütterlein schwatzt auf der Gasse.

II.

Hirsch und Reh.

Auf dem hohen Berg Olympos, wo der Wald von Tannen
rauscht,
An dem Quell im hohen Kraute steht ein Hirsch, der thal=
wärts lauscht;
Thränen weint er, dicke Thränen, groß wie Beeren, roth
wie Blut;
Wie aus liebem Menschenauge strömet seine Thränenflut.

Kommt ein Rehlein hergesprungen, Rehlein mit gesIecktem Fell.
Sieht des Hirsches Thränen fallen auf die Kräuter, in den
Quell,
Spricht: Was weinst du solche Thränen, groß wie Beeren,
roth wie Blut?
Wie aus liebem Menschenauge strömet deine Thränenfluth.

„Türken sind ins Thal gekommen; als empor den Berg
ich sprang,
Sah ich ihrer Säbel Blitzen, hört' ich ihrer Trommeln
Klang;
Hört' ich auch ein großes Bellen: denn sie haben sich zur Jagd
Aus der Stadt Konstantinopel sechzig Hunde mitgebracht.“

Rehlein spricht: das grämt mich wenig; Läufe hab' ich
flink und gut,
Jede Kluft zu überspringen, zu durchschwimmen jede Flut,
Und vom Berg die Klephten haben Pulver, Kugeln und
Gewehr,
Um die Türken und die Hunde fortzujagen bis ans Meer.

Aber als die Sonn' hinabging, lag das Rehlein schon im
Staub,
Blutig das gefleckte Hälschen, und sein Fleisch der Hunde
Raub;
Eh' der Morgen wieder graute, war der stolze Hirsch erjagt,
Und die Türken höhnen Jeden, der sie nach den Klephten
fragt.

III.

Das Kraut Vergessenheit.

Es hat die Mutter mir gesagt, dort hinter jenem Berge,
Der Wolken um den Gipfel hat und Nebel um die Wurzel,
Dort wächst das Kraut Vergessenheit, dort wächst es in
den Schluchten.
O wüßt' ich nur den Pfad dahin, drei Tage wollt' ich
wandern,
Und wollte brechen von dem Kraut, und wollt's im Weine
trinken,
Damit ich dich vergessen könnt' und deine falschen Schwüre,
Und deine Augen, die so oft von Liebe mir gesprochen,
Und deinen süßen, süßen Mund, der tausendmal mich küßte!

IV.

Lied des Mädchens.

O Mond, mein leuchtend heller Mond im klaren Licht-
gewande,
Der du dort oben ziehst im Blau, und der du niederschauest,
O sahst du meine Liebe nicht, den vielgeliebten Jüngling?
In welchem Schlosse sitzt er nun, in welchem Schlosse
trinkt er?
Weß Hände schenken ihm den Wein? — und ach, die meinen
rasten.
Weß Augen schaun ihn an mit Lust? — und meine sind
voll Thränen.
An wessen Tische ruht er aus? — und meiner steht verlassen.
Weß Lippe küßt und kos't mit ihm? — und meine brennt
in Sehnsucht!

Die Küsse.

In Salonichi war es nicht,
Nicht war's im schmucken Städtchen,
Im armen Wlachenlande lieb'
Ich einer Wittwe Mädchen.

Jetzt schmücke, Mutter, schmück' das Haus,
Und schmücke deinen Garten!
Die Tochter dein so hold und fein
Soll mich als Braut erwarten.

Sie hat die Lippen rosenroth
Gefärbt mit rothem Scheine;
Ich neigte mich und küßte sie,
Und färbte auch die meinen.

In dreien Flüssen wusch ich sie
Und färbte roth die Flüsse,
Und färbte roth das Meer dazu
Durch ihre rothen Küsse.

———

Elegie.

O wie war mir daheim am nordischen Herde die Freude
Ein willkommener zwar, aber ein seltener Gast!
Denn bald scheuchte der Nebel sie fort, der grau und ver=
drießlich
Ueber das lachende Thal, über die Berge sich zog;
Bald vertrieb sie der lärmende Tag und das Dröhnen des
Marktes,
Wo nur jeder sich selbst, Keiner den Sänger vernahm.
Auch den störenden Schwarm der wilden Genossen vermied sie,
Und sie entfloh dem Gelag, fand sie die Cither verstimmt.
Manchmal nur, wenn im Arm der Geliebten sinnend ich ruhte,
Und ihr leuchtender Blick tief mir den Himmel erschloß,
Wenn wir in leisem Gespräch der rinnenden Stunden ver=
gaßen,
Aug' in Auge versenkt, weilte die Liebliche gern.
Aber auch dann nur kurz. Bald kamen die schwatzenden
Muhmen,
Vor dem geschäftigen Wort floh das verschüchterte Kind.
Wieder verstrichen darauf eintönige Wochen und Monde,
Und nach der Göttlichen Gruß blickte vergebens ich aus.
Glücklicher Süden, wie dank' ich es dir! Du hast die Entwichne
Neu mir vereint und sie ganz mir zur Vertrauten gemacht.

Schreit' ich hinaus ins Gebirg, so find' ich sie unter dem
Lorbeer
Mein schon harrend: sie schläft, schön wie ein Mädchen,
am Quell.
Aber sie hört des Nahenden Tritt, mit wehenden Locken
Springt sie empor, und zum Kuß hängt an den Lippen
sie mir.
An das Gestade des Meers, zu den heiligen Schatten des
Oelwalds
Leitet sie mich; sie besteigt mit mir den schwankenden Kahn;
Leis' auch führt sie den Hang mich empor zu den Trümmern
des Tempels,
Wo noch das Marmorgesims über den Säulen erglänzt;
Und sie deutet mir dort die verwitterten Bilder, ergänzend
Mit lebendigem Wort, was die Barbaren zerstört.
Faunen erblick' ich im bacchischen Tanz und trunkne Mänaden,
Hoch auf dem Panthergespann folgt mit dem Thyrsus
der Gott,
Weiter verliert sich der taumelnde Zug; harmlosere Feste,
Wie sie Demeter gebeut, zeigt der gebildete Stein;
Hirten, mit Blumen bekränzt, und Jungfraun führen den
Reigen,
Und im geläuterten Maß hebt sich und senkt sich der Fuß;
Sieh, dort stürmen auch Rosse heran. Die stäubende Rennbahn
Füllt sich mit Wagen, es strebt Jeder der Erste zu sein.
Lorbeern winken dem Sieger als Preis, doch schöner als Lorbeern
Lohnt ihm des Dichters Gesang, der ihm Unsterblichkeit
schenkt.

Also deutet die Himmlische mir die Gebilde der Künstler,
 Und ich erkenne, wie schön einst sie die Völker regiert;
Wie sie mit lächelndem Blick die rohen Gewalten gezügelt,
 Wie sie die sprossende Kraft stets auf das Große gelenkt;
O da wird mir die Seele so weit, unendliche Sehnsucht
 Faßt mich, mit bebendem Mund sprech' ich ein stilles
Gebet:
Weile bei mir, du schönste von allen den Töchtern des
Himmels,
 Mit sanft lenkender Hand führe durch's Leben mich hin!
Zeige besänftigend mir die rechten Bahnen, und dämpfe
 Weise die Glut, und wenn blind einst mich die Leiden=
schaft faßt,
O da kühle das brennende Haupt und kränz' es mit Rosen,
 Bis mich der zögernde Gott still zu den Schatten entführt.

Auf den Tod eines Freundes.

O wie viel Kränze, eben frisch und grün,
Sah ich in Einer kurzen Nacht verblühn!
O wie viel blondgelockte Knaben,
O wie viel Bräute, deren süßer Blick
Sich kaum entzündet an der Liebe Glück,
Sah ich schon lächeln und begraben!

Es sucht der Tod die Freude, wie der Strahl
Das funkelnde Metall. Ins laute Mahl,
Wo Blumen duften, Becher prangen,
Wo zur Musik der rasche Tanz erbraust,
Greift er hinein mit eisig kalter Faust
Und streift die Rosen von den Wangen.

Das ist das Schicksal! Nach dem Tag die Nacht,
Die stille Thräne nach des Festes Pracht,
Nach lustigem Gesang die Klage,
Und nach der Jugend Glück so strahlenvoll,
Drin wie ein Himmel weit die Seele schwoll,
Die Ruh' im engen Sarkophage.

Auch du, mein Arthur! — O gedenk' ich dein,
Fließt um mein dunkles Herz ein sanfter Schein,
Wie Mondenschimmer um Ruinen;
Es blickt die alte Zeit mich seltsam an,
So blickt wohl schüchtern auf den ernsten Mann
Ein lächelnd Kind mit ros'gen Mienen.

Wohl war er selig, dieser Jugendtraum!
Ich zählte damals funfzehn Jahre kaum,
Und schwärmt' und träumte wie ein Knabe;
Du warst mein Freund — ich forderte nicht mehr;
Ich habe dich geliebt, wie ich nachher
Nur einmal noch geliebet habe.

Dein Auge war mir Licht, dein Wort Musik,
Ich zürnte eifersüchtig jedem Blick,
Den einem Anderen du gönntest,
Und oft hab' ich in stiller Nacht geweint
Bei dem Gedanken nur, daß du den Freund,
Zum Mann gereift, vergessen könntest.

Des Abends, war die Schule endlich aus,
Zogen wir singend in den Wald hinaus,

Oder im Garten am Gewässer
Sah'n wir die Sonne glühend niedergehn,
Und bauten wie das Lichtgewölk so schön
Uns für die Zukunft goldne Schlösser.

Da freut' ich mich, wenn um dein blondes Haa
Der Glanz der Abendröthe wunderbar
Wie eine leise Glorie spielte;
Ich wurde still, ich drückte dir die Hand,
Und nur die Thräne, die im Blick mir stand,
Sagte dir schweigend, was ich fühlte.

O sanfter Rasenhang am Rand der Flut,
Wo in den Blumen wir so oft geruht,
O breite, dichtbelaubte Buche,
Zu deren Wipfel unser Lied erscholl,
Wie schauet ihr mich an so trauervoll,
Wenn ich euch einsam jetzt besuche!

Auch du, mein Arthur! Abgeblüht ist nun
Dein Lächeln, deine schönen Glieder ruhn,
Staub bei Staub, im Schooß der Erden,
Und dieses Auge, das mein Himmel war,
Als reine Flamme glänzt' es nur so klar,
Um ewig Asche dann zu werden. —

Es war die Zeit, wo leis' im wärmern Hauch
Der Winterschnee zerrinnt, wo Herz und Strauch
Sehnsüchtig nach dem Lichte ringen;
Da neigtest du die schöne Stirn zur Ruh,
Und lächeltest im Tod, als fühltest du
An deiner Seele schon die Schwingen.

Du lächeltest, ich weinte laut. Mein Herz
War jetzt verwaist. Es war mein erster Schmerz,
Und nimmer glaubt' ich zu genesen.
Ach, deiner Liebe war ich so gewohnt;
Sie war in meiner Nacht der klare Mond,
Die Ros' in meinem Lenz gewesen.

Und als sie dich gesenkt zur Ruh hinab,
Da zog der Frühling über deinem Grab
Empor mit leisem, lindem Wehen;
Er brachte Sonnenschimmer, Veilchenduft
Und lust'gen Vogelsang und blaue Luft —
Ich aber hab' ihn nicht gesehen.

Leichter Sinn.

Und wie wär' es nicht zu tragen
Dieses Leben in der Welt?
Täglich wechseln Lust und Plagen,
Was betrübt und was gefällt.
Schlägt die Zeit dir manche Wunde,
Manche Freude bringt ihr Lauf;
Aber Eine sel'ge Stunde
Wiegt ein Jahr von Schmerzen auf.

Wisse nur das Glück zu fassen,
Wenn es lächelnd dir sich beut!
In der Brust und auf den Gassen
Such' es morgen, such' es heut.
Doch bedrängt in deinem Kreise
Dich ein flüchtig Mißgeschick,
Lächle leise, hoffe weise
Auf den nächsten Augenblick.

Nur kein müßig Schmerzbehagen!
Nur kein weichlich Selbstverzeihn!
Kommen Grillen, dich zu plagen,
Wiege sie mit Liedern ein.
Froh und ernst, doch immer heiter
Leite dich die Poesie,
Und die Welle trägt dich weiter,
Und du weißt es selbst nicht wie.

Ländliche Lieder.

1. Frühling.

Und wenn die Primel schneeweiß blickt
Am Bach, am Bach aus dem Wiesengrund,
Und wenn vom Baum die Kirschblüt' nickt
Und die Böglein pfeifen im Wald allstund:
Da flickt der Fischer das Netz in Ruh,
Denn der See liegt heiter im Sonnenglanz;
Da sucht das Mädel die rothen Schuh,
Und schnürt das Mieder sich eng zum Tanz,
Und denket still,
Ob der Liebste, der Liebste nicht kommen will.

Es klingt die Fiedel, es brummt der Baß,
Der Dorfschulz sitzt im Schank beim Wein;
Die Tänzer drehn sich ohn' Unterlaß
An der Lind', an der Lind', im Abendschein.
Und geht's nach Haus um Mitternacht,
Glühwürmchen trägt das Laternchen vor,
Da küsset der Bube sein Dirnel sacht,
Und sagt ihr leis' ein Wörtchen ins Ohr,
Und sie denken beid':
O du fröhliche selige Maienzeit!

2. Winter.

Nun weht auf der Haide der scharfe Nordost,
Am Vorbach hangt der Zapfen von Eis,
Die Tannen schütteln sich rings vor Frost,
Und Feld und Kirchhof sind silberweiß.
Im Dorf verschneit liegt jeglicher Pfad,
Ein Weg nur führet zur Schenke allein,
Und geh' ich dort grade des Abends spat,
So tret' ich hinein:
O mein Käthchen, mein Mädchen, nun bringe mir Wein!

O liebes Käthchen, nun sing' mir ein Lied
Von der sonnigen, wonnigen Frühlingszeit!
Und wenn erst wieder die Schwalbe zieht,
Da sollst du schauen wie hold sich's freit.
Und wenn auf's Neu der Winter sich naht,
Da schiert kein Wind uns von Ost und von West;
Am lodernden Herde sitzen wir spat
Im traulichen Nest,
Und küssen uns warm und umschlingen uns fest.

Das Mädchen von Paros.

Denkst du des Abends noch, des hellen,
Da mich der Winde leiser Zug
Sanft über die entschlafnen Wellen
An diese stille Küste trug?
Da ich, ermüdet vom Gewühle,
Das draußen toset früh und spat,
Mit bang sehnsüchtigem Gefühle
Vom hohen Schiff ans Ufer trat?

Wie wehte da vom Bergesgipfel
Ein leiser Hauch willkommner Ruh!
Wie rauschten der Cypressen Wipfel
Mir den ersehnten Frieden zu!
Die Stadt, von weißem Marmor glänzend,
Das Weinlaub, Fenster und Altan
Mit seinem dichten Grün bekränzend,
Es sah mich so befreundet an.

Die Männer mit gebräunten Zügen,
Sie schienen alter Zeiten Bild;
Und Mädchen wandelten mit Krügen
Zum Brunnen, welcher tönend quillt;

Und Buben schwangen sich im Tanze,
Es floß der Wein, die Cither klang,
Indeß die Sonn' in rothem Glanze
Langsam ins goldne Meer versank.

Da sah ich dich zum erstenmale:
Auf hoher Treppe standest du,
Umwölbt vom rankenden Portale,
Und schautest still dem Reigen zu.
Der Abendröthe Strahl umspielte
Dein Haar, zu träumen schien der Blick,
Als ob dein Busen ahnend fühlte
Der ersten Liebe nahes Glück.

Wohl uns! Nun hat das Herz in Wonne
Die Knospenhülle abgestreift;
Nun hat des Südens heiß're Sonne
Die Frucht der Liebe schnell gereift.
Wir haben Welt und Grab vergessen,
In ihrem Laufe steht die Zeit,
Und Palmen schatten und Cypressen
Um unsre stille Seligkeit.

Fahr wohl.

Den letzten Becher bring' ich dir,
Du schöner, fremder Strand!
Ach, bitter wird das Scheiden mir
Als wär's mein Heimathland.
Fahrwohl, fahrwohl! Im Segel ruht
Der Wind und treibt sein Spiel,
Und rauschend furcht die grüne Flut
Der Barke scharfer Kiel.

Die Sonne sinkt ins Inselmeer,
Die Luft glüht rosenroth —
Dort schimmert noch das Fenster her,
Wo sie mir Abschied bot.
Wie gern, wie gern, du holdes Kind,
Hätt' ich bei dir gesäumt!
Umsonst, auch dieser Traum zerrinnt,
Und war so schön geträumt.

Das ist das Leben: Kommen, Gehn,
Treiben in Wind und Flut;
Fortziehn auf Nimmerwiedersehn,
Wenn kaum wir sanft geruht;

Geliebt fein und vergeffen fein,
Selbft lieben — ftill! mir däucht,
Es blendet mich der Abendfchein,
Mir wird die Wimper feucht.

Vorbei! vorbei! Die Thräne fällt;
Vorbei fo Luft als Schmerz!
Und wieder einfam in der Welt
Schlägt nun dies wilde Herz.
Sei's drum! — Des Mondes erfter Strahl
Beglänzt das Meer in Pracht;
Die Küfte flieht — zum letztenmal,
Mein Mädchen, gute Nacht!

Lebensstimmung.

O wer so recht die süße Kunst begriffe,
Allein der schönen Gegenwart zu leben,
Bei sanftem Windeshauch auf hohem Schiffe
Ein südlich Meer mit Wonne zu durchschweben,
Im Traubengarten über'm Felsenriffe
Beglückter Tage hold Gespinnst zu weben,
Als hätte nie das Herz in andern Stunden
Des Lebens Schmerz und Bitterkeit empfunden!

Wer das vermöchte! Wer bei jedem Gruße,
Bei jedem Blick der Liebe könnte säumen!
Wer es verstünde, stets in sel'ger Muße
Sein Lied zu singen unter Blütenbäumen!
Ihm würde gern mit leisem Götterfuße
Die Muse nah'n in goldnen Dichterträumen,
Und eh' er noch um solchen Preis gerungen,
Wär' ihm die Stirn vom Lorbeer schon umschlungen.

Ich hab' es oft versucht, und oft erglänzte
Die Stunde mir, doch war's ein eitles Prangen;
Denn wenn ich kaum das Haupt mit Blumen kränzte,
Erwachten alte Schuld und altes Bangen;

Am Becher, den der Freundschaft Hand kredenzte,
Schien eine heiße Thräne mir zu hangen,
Und wenn ich froh die Saiten angeschlagen,
Verhallten sie in sehnsuchtsvollen Klagen.

Mir ist die Lust ein Schifflein, das zersplittert,
Sobald's aus sichrer Bucht hinausgeschwunden,
Ein thönern Bild, das über Nacht verwittert,
Wie schön es auch mit Rosen war umwunden,
Ein Flötenhall, der in der Luft verzittert,
Wenn er getönt zwei selige Secunden,
Im Lebenskelch der flücht'ge Kranz des Schaumes,
Ein Duft, ein Hauch, der Schatten eines Traumes.

Drum richtet nicht zu strenge die Gedichte,
Wenn sie euch oftmals nah'n im schwarzen Kleide;
Nicht alle sind genährt vom frohen Lichte,
Nein, viele tränkt' ein Herz mit seinem Leide;
Und das bedenkt, dem Menschenangesichte
Ist auch die Thrän' ein köstliches Geschmeide,
Und manchen Schatz, den ihr in Freudenstunden
Vergeblich suchtet, hat der Schmerz gefunden.

Morgenwanderung.

Wer recht in Freuden wandern will,
Der geh' der Sonn' entgegen;
Da ist der Wald so kirchenstill,
Kein Lüftchen mag sich regen;
  Noch sind nicht die Lerchen wach,
  Nur im hohen Gras der Bach
Singt leise den Morgensegen.

Die ganze Welt ist wie ein Buch,
Darin uns aufgeschrieben
In bunten Zeilen manch ein Spruch,
Wie Gott uns treu geblieben;
  Wald und Blumen nah und fern
  Und der helle Morgenstern
Sind Zeugen von seinem Lieben.

Da zieht die Andacht wie ein Hauch
Durch alle Sinnen leise,
Da pocht aus Herz die Liebe auch
In ihrer stillen Weise,
  Pocht und pocht, bis sich's erschließt
  Und die Lippe überfließt
Von lautem, jubelndem Preise.

Und plötzlich läßt die Nachtigall
Im Busch ihr Lied erklingen,
In Berg und Thal erwacht der Schall,
Und will sich aufwärts schwingen;
Und der Morgenröthe Schein
Stimmt in lichter Glut mit ein:
Laßt uns dem Herrn lobsingen!

Thürmerlied.

Wachet auf! ruft euch die Stimme
Des Wächters von der hohen Zinne,
Wach auf, du weites deutsches Land!
Die ihr an der Donau hauset,
Und wo der Rhein durch Felsen brauset
Und wo sich thürmt der Düne Sand!
Habt Wacht am Heimathsherd,
In treuer Hand das Schwert,
Jede Stunde!
Zu scharfem Streit
Macht euch bereit!
Der Tag des Kampfes ist nicht weit.

Hört ihr's dumpf im Osten klingen?
Er möcht' euch gar zu gern verschlingen,
Der Geier, der nach der Beute kreis't.
Hört im Westen ihr die Schlange?
Sie möchte mit Sirenensange
Vergiften euch den frommen Geist.
Schon naht des Geiers Flug,
Schon birgt die Schlange klug
Sich zum Sprunge;

Drum haltet Wacht
Um Mitternacht
Und wetzt die Schwerter für die Schlacht!

Reiniget euch in Gebeten,
Auf daß ihr vor den Herrn könnt treten,
Wenn er um euer Werk euch frägt;
Keusch im Lieben, fest im Glauben,
Laßt euch den treuen Muth nicht rauben,
Seid einig, da die Stunde schlägt!
Das Kreuz sei eure Zier,
Eu'r Helmbusch und Panier
In den Schlachten.
Wer in dem Feld
Zu Gott sich hält,
Der hat allein sich wohl gestellt.

Sieh herab vom Himmel droben,
Herr, den der Engel Zungen loben,
Sei gnädig diesem deutschen Land!
Donnernd aus der Feuerwolke
Sprich zu den Fürsten, sprich zum Volke,
Und lehr' uns stark sein Hand in Hand!
Sei du uns Fels und Burg,
Du führst uns wohl hindurch. —
Hallelujah!
Denn dein ist heut
Und alle Zeit
Das Reich, die Kraft, die Herrlichkeit.

Gute Nacht.

Schon fängt es an zu dämmern,
Der Mond als Hirt erwacht,
Und singt den Wolkenlämmern
Ein Lied zur guten Nacht;
Und wie er singt so leise,
Da bringt vom Sternenkreise
Der Schall ins Ohr mir sacht:
    Schlafet in Ruh, schlafet in Ruh!
    Vorüber der Tag und sein Schall;
    Die Liebe Gottes deckt euch zu
    Allüberall.

Nun suchen in den Zweigen
Ihr Nest die Vögelein,
Die Halm' und Blumen neigen
Das Haupt im Mondenschein,
Und selbst des Mühlbachs Wellen
Lassen das wilde Schwellen
Und schlummern murmelnd ein.
    Schlafet in Ruh, schlafet in Ruh!
    Vorüber der Tag und sein Schall;
    Die Liebe Gottes deckt euch zu
    Allüberall.

Von Thür zu Thüre wallet
Der Traum, ein lieber Gast;
Das Harfenspiel verhallet
Im schimmernden Palast;
Im Nachen schläft der Ferge,
Die Hirten auf dem Berge
Halten um's Feuer Rast.
    Schlafet in Ruh, schlafet in Ruh!
    Vorüber der Tag und sein Schall;
    Die Liebe Gottes deckt euch zu
    Allüberall.

Und wie nun alle Kerzen
Verlöschen durch die Nacht,
Da schweigen auch die Schmerzen,
Die Sonn' und Tag gebracht;
Lind säuseln die Cypressen,
Ein seliges Vergessen
Durchweht die Lüfte sacht.
    Schlafet in Ruh, schlafet in Ruh!
    Vorüber der Tag und sein Schall;
    Die Liebe Gottes deckt euch zu
    Allüberall.

Und wo von heißen Thränen
Ein schmachtend Auge blüht,
Und wo in bangem Sehnen
Ein liebend Herz verglüht,

Der Traum kommt leis' und linde
Und singt dem kranken Kinde
Ein tröstend Hoffnungslied.
  Schlafet in Ruh, schlafet in Ruh!
  Vorüber der Tag und sein Schall;
  Die Liebe Gottes deckt euch zu
  Allüberall.

Gut' Nacht denn all ihr Müden,
Ihr Lieben nah und fern!
Nun ruh' auch ich in Frieden
Bis glänzt der Morgenstern.
Die Nachtigall alleine
Singt noch im Mondenscheine
Und lobet Gott den Herrn.
  Schlafet in Ruh, schlafet in Ruh!
  Vorüber der Tag und sein Schall;
  Die Liebe Gottes deckt euch zu
  Allüberall.

Neue Sonette

als

Intermezzo.

le

Zur Einleitung.

In Blüten sah ich Thal und Hügel prangen
Und tief im Grün die Spur des Winters schwinden,
Da ist auch mir mein Denken und Empfinden,
Lust, Zorn und Lieb' in Liedern aufgegangen.

Oft ließ ich auch die Laut' am Aste hangen;
Da kam der Lenz und harfte mit den Winden
Ein Stück dazwischen, eins von seinen linden,
Die wundermild das Menschenohr befangen.

Die Lieder alle hab' ich hier gereiht:
Es ward ein Kranz — ich wand ihn leicht und lose —
Bunt wie mein Herz und bunt wie diese Zeit.

Die heiße Tulpe flammt bei dunklem Moose,
Beim Blütenschnee trägt die Cypresse Leid
Und unter wilden Nesseln lauscht die Rose.

Mein Weg.

Ich hör' es wohl, es rufen die Partei'n:
„Komm her, und wollt' uns endlich angehören!
Der rüst'ge Harfner sei zu unsern Chören,
Und schling' als Kranz dein Lied um unsern Wein."

Mein ewig Echo bleibt ein ruhig: Nein!
Denn zu der Fahnen keiner kann ich schwören;
Den Gott im Busen darf kein Schlagwort stören,
Ich folge meinem Stern und geh' allein.

Dem Wandrer bin ich gleich am Felsenhang,
Dem schroff die Wand sich thürmt zur rechten Seite,
Zur Linken brauf't der See mit dumpfem Klang.

Doch rühr' ich fromm die Saiten, wie ich schreite,
Und oftmals will's mir dünken beim Gesang,
Daß mich wie Kaiser Max ein Engel leite.

Erster Sonnenblick.

Nach so vielen trüben, trüben Nebeltagen,
Du goldner Schein, der aus dem Blauen fließt
Und klar durch meine Seele sich ergießt,
O Schein des Trosts, laß meinen Gruß dir sagen!

Ich war mit Angst und Traurigkeit geschlagen,
Doch nun ist's gut, da sich der Strahl erschließt;
Und leise, leise, wie die Rose sprießt,
Darf Lust und Hoffnung aufzublühen wagen.

O scheltet nicht, daß ich, ein Sohn der Erde
Und tief im Wesen der Natur vereint,
Von ihrem Angesicht geleitet werde!

Ihr seht ja doch, daß, wenn die Mutter weint,
Das Kind verstummt mit trauriger Geberde
Und wieder lächelt, wenn sie froh erscheint.

Nachts.

Dem Mondesaufgang wandl' ich gern entgegen,
Wenn alles schlummert, durch die stillen Gassen;
Des Marktes Brunnen rauschet noch verlassen,
Sonst tiefes Schweigen rings auf allen Wegen.

Da spricht die Nacht auch über mich den Segen;
In sanfte Wehmuth schmilzt das trotz'ge Hassen,
Die Liebe naht, mich gläubig zu umfassen,
Und will das Haupt an meine Schulter legen.

Mir ist's, als käme mir die Jugend wieder,
Und wieder streben in sehnsücht'ger Weise
Aus dieser Brust zur Heimath meine Lieder.

So schwingt von Schwänen eine Schaar sich leise
Aus dunklem See auf wallendem Gefieder,
Wenn sie beginnt nach Süden ihre Reise.

Anbekümmert.

Bist du als Künstler, als Poet gesendet,
O laß dich nicht vom Preis des Marktes leiten!
Denn sinnlos hat die Welt zu allen Zeiten
An Mittelmäß'ges ihre Gunst verschwendet.

Zeig' ihr ein Bild vom Genius vollendet,
Drauf alle Himmel stille Glorien breiten,
Und eins, wo grell und roh die Farben streiten:
Du wirst es sehn, wohin ihr Herz sich wendet.

Nein, ihrem Tadeln lächle, ihrem Loben;
Du hast genug der Wonnen eingetauscht,
Kam dir der sel'ge Schöpfungsdrang von oben.

Der Nachtigall sei gleich, die duftberauscht
Noch stets dem Lenz den Brautgesang erhoben,
Ob ihr auch niemand als die Nacht gelauscht.

Einer jungen Freundin.

Das Meer ist oben glatt und spiegeleben,
Doch bunte Gärten trägt's auf seinem Grunde;
Goldwälder, Purpurstauden stehn im Sunde,
Darinnen Perlen statt des Thaues beben.

Das ist ein heimlich Glühn, ein farbig Leben,
Doch selten wird dem Schiffenden die Kunde;
Ein Sonntagskind nur sieht in guter Stunde
Die Wipfel dämmernd aus der Tiefe streben.

So blüht auch dir ein Garten im Gemüthe;
Allein die Welt, getäuscht von deinen Scherzen,
Ist blind für seine wunderfame Blüte.

Der Dichter nur, vertraut mit Lust und Schmerzen,
Las was im Dunkel deines Auges glühte
Und ahnt die Zauberwelt in deinem Herzen.

Einem Freunde.

Wenn kaum erwacht die lauen Lüfte gehen,
Da singt der Dichter schon von Maienwonnen;
Er glaubt beim ersten blassen Strahl der Sonnen
Die Welt im Glanz der Pfingsten schon zu sehen.

So spricht er auch von Liebes-Lust und Wehen,
Wenn kaum ein flüchtig Lächeln er gewonnen;
Die Blüte, die zu knospen nur begonnen,
Sieht er in Pracht als volle Rose stehen.

Darum, o Freund, verwundre dich mit nichten,
Daß oft ein freudig Lied ihm jetzt beschieden,
Wiewohl sich kaum der Zeit Gewitter lichten.

Mag er bei Tag noch rüstig Waffen schmieden:
Nachts winkt ihm fernste Zukunft in Gesichten,
Und was er schaut, ist Frieden, goldner Frieden.

Aechte Weihe.

Kalt sind sie, kalt, und kalt ist ihr Gedicht;
Sie waren nie vom Hauch des Frühlings trunken,
Nie in des Gottes Melodie versunken,
Der durch die heil'ge Nacht vernehmbar spricht.

Auch fühlen sie's, was ihrem Lied gebricht,
Und lassen zum Ersatz der Lebensfunken
Mit Schmink' und Flittergold die Leiche prunken,
Mit eitlem Schimmer, der den Sinn besticht.

Doch wen der Geist beseelet, unerschrocken
Verschmähen mag er, was der Markt erhebt,
Und dennoch, singt er, bleibt kein Auge trocken.

Dem Gotte gleicht er, den der Aar umschwebt;
Er schüttelt leise nur die dunkeln Locken,
Und der Olymp und jedes Herz erbebt.

An —

Weil ihren Witz dein hoher Sinn vernichtet
Und ihre Schmeichelei für dich verloren,
So heißt dich marmorn dies Geschlecht von Thoren,
Das frostig jede große Seele richtet.

Doch willig hast du auf ein Lob verzichtet,
Das für den Kern die Schale stets erkoren;
Du gleichst dem Wein, der, äußerlich gefroren,
So Geist als Glut im Innersten verdichtet.

Heil aber jenem, der dich einst erkennt,
Und, in der Seele stillen Reiz versunken,
Nicht eher rastet, bis er sein dich nennt!

Bei deinem Kuß empfinden wird er trunken,
Um wie viel heißer heimlich Feuer brennt,
Als was für jeden sich versprüht in Funken.

O schöne Zeit.

O schöne Zeit, da mich noch jede Stunde
Zu einer frischerschloss'nen Blüte rief,
Da jeder Tag, ein goldner Freudenbrief,
Sich vor mir aufthat mit beglückter Kunde;

Da, wie die Ros' in dunklem Alpengrunde,
Ihr liebes Bild mir blüht' im Herzen tief,
Und ich mit ihrem Namen sanft entschlief,
Als würd' er zum Gebet in meinem Munde!

Du bist dahin, und doch du bist noch mein:
Es fließt das Lied von deinen Nachtigallen
Ein Frühlingsgruß in meinen Herbst herein.

Allabendlich, wenn Stadt und Flur verhallen,
Kehrt die Erinnrung tröstend bei mir ein,
Mit mir im Traume durch die Nacht zu wallen.

Pfingsten.

Das Fest der Pfingsten kommt im Hall der Glocken,
Da jauchzt in Frühlingsschauern die Natur;
Auf jedem Strauch des Waldes und der Flur
Schwebt eine Ros' als Flamme mit Frohlocken.

O Geist, der einst in goldnen Feuerflocken
Auf's Haupt der Jünger brausend niederfuhr,
Von deinem Reichthum einen Funken nur,
Hernieder send' ihn auf des Sängers Locken!

Ich weiß es wohl, nicht würdig bin ich dein;
Doch hast du nie die Tugend ja geniessen,
Der Glaube zieht, die Sehnsucht dich allein.

Der Armen hast du nimmermehr vergessen;
Du kehrtest in der Fischer Hütten ein,
Und an der Sünder Tisch bist du gesessen.

Im Frühjahr.

Wenn ich im Lenz durch Grün und Rosen walle,
Da wird mir oft zu Sinn, als müßt' ich klagen,
Daß ich geboren bin in solchen Tagen,
Die rauh erdröhnen von der Waffen Schalle.

Ich hätte gern ein freudig Lied für Alle
Voll Gottesfrieden in der Brust getragen,
Ich hätte gern im Zauberwald der Sagen
Ein weißes Edelwild gebracht zu Falle.

Umsonst! Es ziemt uns nicht im Kranz der Reben
Mit goldnen Mährchen das Gelag zu würzen;
Denn diese Zeit ist wie die Sphinx von Theben.

Wer's heute wagt, als Dichter sich zu schürzen,
Ihr Räthsel wird sie ihm zu rathen geben,
Und löst er's nicht, ihn in den Abgrund stürzen.

Den Aufgeregten.

Glaubt mir, dafern in Deutschlands Eingeweide
Das Schwert ihr kehrt und schürt des Kriegs Verderben:
Nicht Freiheit werden eure Kinder erben;
Zum Baume tragt ihr selbst des Beiles Schneide.

Es wird ein Kampf von unermeß'nem Leide,
Darin die Besten auf der Wahlstatt sterben:
Der Slave wird zuletzt das Reich erwerben,
Daß er auf Gräbern seine Rosse weide.

Schon hör' ich als der Knechtschaft Siegesreigen
Prophet'schen Ohrs den Klang von seinen Hufen —
Ihr aber glaubt es nicht, und ich muß schweigen.

So schwieg Kassandra auf des Tempels Stufen,
Da sie im Geist sah Troja's Flamme steigen,
Und niemand hört' es, daß sie Weh gerufen.

Gegen den Strom.

Die Freiheit hab' ich stets im Sinn getragen,
Doch haff' ich eins noch grimmer als Despoten:
Das ist der Pöbel, wenn er sich den rothen
Zersetzten Königsmantel umgeschlagen.

Die kleinen Seelen glühn in solchen Tagen,
Sich aufzuspreizen als des Himmels Boten,
Und frech verlästern sie die großen Todten,
Denn Sünde ward es, aus dem Schwarm zu ragen.

Ja, wem das Herz nur höher wagt zu pochen,
Aus wem der Geist, der heil'ge, gottgesandte,
Erhaben zürnt, sein Urtheil ist gesprochen.

Hat doch der Pöbel einst, der wuthentbrannte,
Ob Aristides Haupt den Stab gebrochen,
Und ins Exil verstoßen einen Dante.

Bei einem Feste.

O zieht nur auf mit flatternden Standarten!
Ruft euren Uebermuth von allen Zinnen!
Haut, wie Sir John, mit prahlendem Beginnen
Die Klinge, die zum Spiel ihr führt, voll Scharten!

Kampflieder auch stimmt an von allen Arten,
Indeß statt Blutes Ströme Weines rinnen!
Mir däucht es würd'ger, mit gefaßten Sinnen
Den großen Tag des Schicksals zu erwarten.

Er bleibt nicht aus. Doch seine Donner tödten
Mit ihrem ersten Hall den Lärm der Schreier,
Und seine Blitze sind wie Morgenröthen.

Dann will ich fragen euch, ihr Weltbefreier:
Habt ihr ein Schwert in eures Volkes Nöthen?
Und für die Schlachten habt ihr eine Leier?

Den Verneinenden.

Ich will es immerhin euch gern erlauben,
Daß ihr mich rechnet als der Schwachen Einen;
Doch sollt ihr meinem Auge nicht das Weinen,
Noch meinem Mund der Freude Lächeln rauben.

Zu eurer Höhe kann ich mich nicht schrauben,
Wo statt der Sonne frost'ge Sterne scheinen;
Ich kann nicht hassen bloß und bloß verneinen;
Dies Herz bedarf's, zu lieben und zu glauben.

Daß ihr euch Heiden nennet, hör' ich sagen,
Doch jene sahn den Gott im Sturm der Meere,
Den Gott im Donner und im Sonnenwagen.

Ihr aber möchtet frech mit erznem Speere
In Trümmer jedes Götterbild zerschlagen —
So bleibt euch nichts denn, als die große Leere.

In schwerer Stunde.

Wenn nach des Tags Verbluten weit und breit
Die Finsterniß sich schauervoll ergießet,
Daß Berg und Thal in wüstes Schwarz zerfließet,
Da tritt hervor der Sterne Heiterkeit.

Und wenn ein Volk in trotz'gem Widerstreit
Dem gottgesandten Strahl das Herz verschließet,
Um Hütt' und Schloß der Lügen Unkraut sprießet,
Das ist der Seher, der Propheten Zeit.

Herr, sieh gen Himmel uns die Arme strecken!
Hör' unser heißes Flehen früh und spat:
Du wollest einen Retter uns erwecken!

Dies Volk ist irr und irr der hohe Rath —
O laß ihn nahn im Donner deiner Schrecken,
Die Spreu zu scheiden von der guten Saat!

Schill.

O eine Eiche pflanzt auf diesen Hügel!
Die grünste sucht, so weit die Amsel ruft!
Sie streue Schatten auf des Helden Gruft,
Und Lieder rausch' in ihr des Windes Flügel.

Denn gleich dem Roß, das knirschet in die Zügel,
Und scharrt und stampfet, spürt es Morgenluft:
So witter' er zuerst der Freiheit Duft,
Da Alles schwieg und schwang sich in den Bügel.

Fürwahr, o Schill, du warst ein ächter Reiter,
Und schneller als die Zeiten rittst du gern,
Mit dir wie Blitze deine blanken Streiter.

Dein Jagdhorn klang: „Der Tag ist nicht mehr fern!"
Da ging der Morgen auf so roth und heiter;
Doch unter gingst du, schöner Morgenstern.

Beim Tode eines Dichters.

O Tod, du bist der wahre Fürst der Welt,
Der Priester bist du, der mit reinen Händen
Den Kranz der bleichen Stirn vermag zu spenden,
Und heil'ge Namen schreibt an's Sternenzelt.

Das Linnentuch, zu deinem Dienst bestellt,
Ein Purpur wird's, den Keiner wagt zu schänden,
Ein Demantschild, gesetzt an allen Enden,
Von dem zurück der Pfeil des Spottes schnellt.

Wohl höhnt die Welt in blödem Frevelmuthe
Manch großes Herz, das ihr doch Alles gab,
Was reich und schön in seiner Tiefe ruhte;

Da schwebst, ein Trostesengel, du herab,
Und rührst es sacht, daß es nicht fürder blute —
Und pflanzest ew'gen Lorbeer auf das Grab.

Auferstehung.

Wenn Einer starb, den du geliebt hienieden,
So trag hinaus zur Einsamkeit dein Wehe,
Daß ernst und still es sich mit dir ergehe
Im Wald, am Meer, auf Steigen längst gemieden.

Da fühlst du bald, daß Jener, der geschieden,
Lebendig dir im Herzen auferstehe;
In Luft und Schatten spürst du seine Nähe,
Und aus den Thränen blüht ein tiefer Frieden.

Ja, schöner muß der Todte dich begleiten,
Um's Haupt der Schmerzverklärung lichten Schein,
Und treuer — denn du hast ihn alle Zeiten.

Das Herz auch hat sein Ostern, wo der Stein
Vom Grabe springt, dem wir den Staub nur weihten;
Und was du ewig liebst, ist ewig dein.

Viertes Buch.

Escheberg. St. Goar.

1842—1843.

Auf dem Anstand.

An Ernst Curtius.

Grau ist der Morgen, streif'ge Nebel wallen,
Ein leiser Regen spinnt sich trüb und kalt;
Die rothen Blätter seh' ich langsam fallen —
Jagdwetter schien's, drum zogen wir zu Wald.
Schon spürt die Meute fern, sie bellt im Suchen,
Und ihr Gebell verheißt uns gute Pirsch;
Ich steh' im feuchten Herbstlaub an den Buchen,
Gespannt die Büchse pass' ich auf den Hirsch.

Mich fröstelt. — Sollt' in meiner Waidmannstasche
Bei Blei und Pulver nicht Erquickung sein? —
Fürwahr, das ist die korbumflochtne Flasche!
Ein tücht'ger Zug! — Ha, das ist Cypernwein!
Heiß rinnt er durch die Adern, durch die Glieder —
Floß durch die Wipfel plötzlich Sonnenglanz?
Die griech'sche Feuertraube ruft mir wieder
Im Herzen wach die Bilder Griechenlands.

Zwei Jahre sind's! Ei, wie so anders schaute,
Wie froh der Herbst mir damals ins Gesicht!
Lau war die Luft, der tiefe Himmel blaute,
Die Feige schwoll, die Traub' im Sonnenlicht.

Da ließen matt noch von des Sommers Gluten,
Mein Ernst, den Ernst wir in Athen zu Haus,
Und zogen durch des Inselmeeres Fluten,
Zwei sel'ge Schwärmer, abenteuernd aus.

Gedenkst du, wie bei Paros durch die Brandung
Das Boot wir zwängten? — dämmernd stieg der Mond —
Und wie so schön uns dann die kühne Landung
Die rebumkränzte Marmorstadt belohnt?
Denkst du der Cithern, die die Nacht durchklangen,
Der Brunnen, die uns in den Schlaf gerauscht,
Und jenes Mädchens, das mit glüh'nden Wangen
Für leichten Schmuck Orangen uns vertauscht?

Denkst du an Naxos noch? Ich seh' sie liegen,
Die Klöster und das Schloß auf hohem Stein,
Den Säulenhof, wo sich die Palmen wiegen,
Die Felswand, übergrünt von eitel Wein,
Das reiche Thal, in dessen bucht'ge Weiten
Ein buntgezäumtes Saumthier leicht uns trug —
Da blinkten Becher rings, da klangen Saiten;
Fürwahr, es war ein neuer Bacchuszug!

Und als wir sonnverbrannt mit staub'gen Ballen
Zur Ruh verlangten nach der heißen Fahrt,
Da nahm uns in die kühlen Klosterhallen
Der wackre Pater mit dem langen Bart.

Hoch über'm Meer auf seinem Laubensitze
Wie schollen unsre Lieder da so frisch!
Wie floß der Quell des Nektars und der Witze
So unerschöpft am saubern Abendtisch!

Dort saß der Bischof, dort der Kapuziner,
Wir zwei Poeten lustig mittendrin;
Schlaulächelnd stellte der slavon'sche Diener
Uns beiden stets die vollsten Flaschen hin.
O Jubel, wie wir einst im Mönchsvereine
Gezecht, bis jenen die Geduld selbst riß,
Und wie wir dann, noch voll vom süßen Weine,
Verdeutscht das Trinklied des Panyasis!

Doch mußten auf dem Chor die Priester säumen:
Dann suchten wir die Gärten am Gestad;
Schlaftrunken wob's in den Citronenbäumen,
Die stille Felsbucht rief zum lauen Bad;
Dazu ein Trunk, ein Lied. So floß der Morgen,
So kam gestirnt die duft'ge Nacht daher;
Wir lebten, schwärmten — Zwischen unsern Sorgen
Und zwischen unsern Herzen lag das Meer.

Nur einst — ein Sonntag war's, die Glocken gingen —
Da dachten wir an Lübecks Glockenklang,
Der Vaterstadt, und an den Wimpern hingen
Uns plötzlich Thränen, und wir schwiegen lang.

Ein Luftschloß baut' ich für mein Zukunftleben;
So golden war's. Die Brust schlug heimathwärts —
Ach, wenig hat die Heimath nun gegeben,
Ein Liederbuch und ein verwundet Herz.

Doch heilt es schon. Die Saiten, die zersprungen,
Zu ew'ger Stummheit sind sie bald gedämpft;
Ich habe mir in Nächten, bang durchrungen,
Das schwere Gut der Heiterkeit erkämpft.
Du sollst es am Gesang aus meinem Munde
Kaum spüren, welche Hoffnung von mir schied;
Und bricht sie einmal auf die alte Wunde,
Laß bluten! Auch der Schmerz will ja sein Lied.

Muth! Muth! Dem Leid, der Lust die Stirn entgegen!
Die Welt ist immer noch des Schönen voll.
Ein kühnes Ringen gilt's auf meinen Wegen,
Ich ward ein Mann und fühle was ich soll.
Ob's wieder Täuschung? — Doch genug! Der Hunde
Gebell klingt nah, der Fels antwortet hohl;
Ein Schuß und wieder einer fällt im Grunde —
Der Hirsch bricht durch die Büsche — Lebewohl!

Wenn sich zwei Herzen scheiden.

Wenn sich zwei Herzen scheiden,
Die sich dereinst geliebt,
Das ist ein großes Leiden,
Wie's größres nimmer giebt.
Es klingt das Wort so traurig gar:
Fahrwohl, fahrwohl auf immerdar!
Wenn sich zwei Herzen scheiden,
Die sich dereinst geliebt.

Als ich zuerst empfunden,
Daß Liebe brechen mag,
Mir war's, als sei verschwunden
Die Sonn' am hellen Tag.
Mir klang's im Ohre wunderbar:
Fahrwohl, fahrwohl auf immerdar!
Da ich zuerst empfunden,
Daß Liebe brechen mag.

Mein Frühling ging zur Rüste,
Ich weiß es wohl warum;
Die Lippe, die mich küßte,
Ist worden kühl und stumm.
Das Eine Wort nur sprach sie klar:
Fahrwohl, fahrwohl auf immerdar!
Mein Frühling ging zur Rüste,
Ich weiß es wohl warum.

Rühret nicht daran.

Wo still ein Herz von Liebe glüht,
O rühret, rühret nicht daran!
Den Gottesfunken löscht nicht aus!
Führwahr, es ist nicht wohlgethan.

Wenn's irgend auf dem Erdenrund
Ein unentweihtes Plätzchen giebt,
So ist's ein junges Menschenherz,
Das fromm zum erstenmale liebt.

O gönnet ihm den Frühlingstraum,
In dem's voll ros'ger Blüten steht!
Ihr wißt nicht, welch ein Paradies
Mit diesem Traum verloren geht.

Es brach schon manch ein starkes Herz,
Da man sein Lieben ihm entriß,
Und manches duldend wandte sich,
Und ward voll Haß und Finsterniß;

Und manches, das sich blutend schloß,
Schrie laut nach Lust in seiner Noth,
Und warf sich in den Staub der Welt;
Der schöne Gott in ihm war todt.

Dann weint ihr wohl und klagt euch an;
Doch keine Thräne heißer Reu
Macht eine welke Rose blühn,
Erweckt ein todtes Herz auf's neu.

Der junge Tscherkessenfürst.

Sie haben mir gesagt: Komm her, du Sohn der Steppe!
Komm her, und küss' im Staub des Zaren Purpurschleppe!
Der Lohn ist groß, die That ist klein.
Du sollst geschmückt alsdann dem Herrn zur Linken reiten,
Es soll dein kecker Fuß auf Bauernstirnen schreiten,
Der Höchsten Einer sollst du sein.

Was frommt dir steter Kampf mit ruhelosen Zügen?
Wir lehren dich, wie leicht im wechselnden Vergnügen
Dahin das rasche Leben rollt;
Wir wollen dir ein Haus mit prächt'gen Säulen bauen,
Dein Stall sei voll Gewieh'r, dein Schlafgemach voll Frauen,
Dein straffer Seckel schwer von Gold.

Des Köstlichsten soll nie dein reicher Tisch bedürfen,
Du sollst von Epernay den Schaum der Traube schlürfen
Aus hellgeschliffenem Krystall,
Und wenn der Abend naht, den leichten Rausch zu enden,
So sei sie dir gewährt die Wollust, zu verschwenden
Bei Kartenspiel und Würfelfall.

Du sollst auf prächt'gem Ball, wenn tausend Kerzen funkeln,
Mit deiner reichen Tracht, mit deinem Wuchs verdunkeln
Der Kronbeamten stolzen Schwarm;
Auf Wellen der Musik sollst du dich jauchzend wiegen,
Und sporenklirrend durch den Saal im Tanze fliegen
An einer Kaisertochter Arm.

Beim Lager sollst du schaun, wie sich im Flintenfeuer
Die Regimenter drehn, vielfüß'ge Ungeheuer,
Auf denen hoch die Fahne schwankt;
Die Trommel wirbelt dumpf, das Feldhorn läßt sich hören,
Die Batterie fällt ein mit ihren Donnerchören,
Daß unter ihr der Boden wankt.

Ja, mehr der Wunder noch! Groß ist die Macht des Zaren:
Du sollst auf einem Schiff mit Doppelrädern fahren,
Von keines Tauwerks Last beschwert;
Dem Strome beut es Trotz und Trotz dem Sturmgeheule,
Wenn drin die Esse glüht, und wenn aus schwarzer Säule
Der Gischt des Dampfes brausend fährt.

Das Alles bieten wir. Nur laß die blut'gen Horden,
Laß Steppe, Krieg und Zelt; komm reuig her zum Norden,
Und vor dem Herrscher beuge dich. —
Ich aber wandte mich bei ihrer Worte Hadern,
Es schwoll der rothe Zorn empor in meinen Adern —
Der Zar ist nur ein Fürst wie ich.

Kasan hat seine Frau'n, schneeweiß mit schwarzen Locken,
Moskau hat seinen Kreml und Kiew seine Glocken,
Und Petersburg hat mehr als das,
Doch böten sie mir auch die Wunder aller Fremde:
Nicht käuflich sind mir drum mein schuppig Panzerhemde,
Und meine Freiheit und mein Haß.

In ein Stammbuch.

(Nach Byron.)

Wenn sich auf dieses Blatt dein Auge senkt,
Betracht' es still, als wär's mein Leichenstein;
Und mild, wie man der Todten sonst gedenkt,
Gedenke mein!

Lieder eines fahrenden Schülers.

(Zu Volksweisen.)

1.

Kein Tröpflein mehr im Becher!
Kein Geld im Seckel mehr!
Da wird mir armen Zecher
Das Herze gar so schwer.
Das Wandern macht mir Pein,
Weiß nicht, wo aus, noch ein;
Ins Kloster möcht' ich gehen,
Da liegt ein kühler Wein.

Ich zieh' auf dürrem Wege,
Mein Rock ist arg bestaubt;
Weiß nicht, wohin ich lege
In dieser Nacht mein Haupt.
Mein Herberg' ist die Welt,
Mein Dach das Himmelszelt,
Das Bett, darauf ich schlafe,
Das ist das breite Feld.

Ich geh' auf flinken Sohlen,
Doch schneller reit't das Glück:
Ich mag es nicht einholen,
Es läßt mich arg zurück:
Komm' ich an einen Ort,
So war es eben dort,
Da kommt der Wind geflogen,
Der pfeift mich aus sofort.

Ich wollt', ich läg' zur Stunde
Am Heidelberger Faß,
Den offnen Mund am Spunde
Und träumt' ich weiß nicht was.
Und wollt' ein Dirnlein fein
Mir gar die Schenkin sein:
Mir wär's, als schwämmen Rosen
Wohl auf dem klaren Wein.

Ach wer den Weg doch wüßte
In das Schlaraffenland!
Mir dünket wohl, ich müßte
Dort finden Ehr' und Stand.
Mein Muth ist gar so schlecht,
Daß ich ihn tauschen möcht':
Und so's Dukaten schneite,
Das wär' mir eben recht.

11.

Es fliegt manch Vöglein in das Nest
Und fliegt auch wied'r heraus;
Und bist du 'mal mein Schatz gewest,
So ist die Liebschaft aus.
Du hast mich schlimm betrogen
Um schnöden Geldgewinn —
Viel Glück, viel Glück zum reichen Mann!
Geh' du nur immer hin!

Viel Blümlein stehn im hohen Korn
Von roth und blauer Zier,
Und hast du eins davon verlor'n,
So such' ein andres dir.
Glaub' nicht, daß ich mich gräme
Um deinen falschen Sinn —
Ich find' schon einen andern Schatz:
Geh' du nur immer hin!

III.

Herr Schmied, Herr Schmied, beschlagt mir mein Rößlein
Und habt ihr's beschlagen, so macht mir ein Schlößlein,
Ein Schlößlein so fest und ein Schlößlein so fein
Und muß bei dem Schlößlein ein Schlüssel auch sein.

Das Schlößlein das will ich vor's Herze mir legen,
Und hab' ich's verschlossen mit Kreuz und mit Segen,
So werf' in den See ich den Schlüssel hinein,
Darf nimmer ein Wort mehr heraus noch herein.

Denn wer eine selige Liebe will tragen,
Der darf es den alten Jungfern nicht sagen:
Die Dornen, die Disteln, die stechen gar sehr,
Doch stechen die Altjungfernzungen noch mehr.

Sie tragen's zur Bas' hin und zur Frau Gevattern,
Bis daß es die Gäns' auf dem Markte beschnattern,
Bis daß es der Entrich bered't auf dem See,
Und der Kuckuck im Walde, und das thut doch weh.

Und wär' ich der Herrgott, so ließ' ich auf Erden
Zu Dornen und Disteln die Klatschzungen werden,
Da fräß' sie der Esel, und hätt's keine Noth,
Und weinte mein Schatz sich die Augen nicht roth.

Waldmärchen.

In einer Waldschlucht finster,
Wo heimlich baut der Fuchs,
Wo Farrenkraut und Ginster
Sich rankt in üpp'gem Wuchs,
Lag ich, vom Grün umwoben,
An einem dunklen Bach;
Es lugte kaum von oben
Die Sonn' ins Laubgemach.

Ich hatte Moos zum Pfühle,
Gestrüpp zur Lagerstatt,
Vom Fels kam eine Kühle
Und ging durch Busch und Blatt;
Und kühle quoll der Sprudel,
Und murrt' am schroffen Hang,
Den oft bei Nacht im Rudel
Die Hindin übersprang.

Mit rothem Auge schaute
Vom Baum der Auerhahn,
Es zog mit heis'rem Laute
Der Häher seine Bahn;

Dann hämmert' abgebrochen
Der Specht von Zeit zu Zeit —
Mir war's, als hört' ich pochen
Das Herz der Einsamkeit.

Da plötzlich sah ich lehnen
Am Stamm ein hohes Weib,
Umwallt von lockigen Strähnen
Den wunderschönen Leib;
Wem ward zum Eigenthume
Je solch ein Goldgewand!
Sie trug eine blaue Blume
In ihrer weißen Hand.

Sie sprach: „Sei mir willkommen!
Du bist ein seltner Gast,
Doch hast du dir zum Frommen
Erkoren hier die Rast;
Von allen Königinnen
Die reichste bin ich bald;
Mein Schloß mit grünen Zinnen
Das ist der lust'ge Wald.

Sonst macht' ich wohl hinunter
Ins offne Land den Ritt,
Und Blumen sproßten munter,
Wohin mein Zelter schritt;

Zu bringen Luft und Minne,
Das war mein fröhlich Recht;
Doch ist von anderm Sinne
Das heurige Geschlecht.

Das träumt von Klingenhieben,
Von Schlacht nur und Geschoß;
Da bin ich heimgeblieben
In meinem Zauberschloß.
Nun lehr' ich singend wallen
Den Bach durch Fels und Ried,
Nun lehr' ich die Nachtigallen
Im Lenz ihr süßestes Lied.

Ich weiß, auch du mußt fechten,
Auch du gehörst der Zeit;
So steh' zu deinen Rechten
Und führe wackern Streit!
Doch will dein Arm ermüden,
Bei mir dann kehre du ein,
Im säuselnden Waldfrieden
Sollst du gekräftigt sein.

Da sollst du Frische saugen
Im harz'gen Duft vom Tann,
Da schaut aus Blumenaugen
Das Märchen fromm dich an;

Und macht der Forst dich singen:
Es wird in der Zeiten Gang
Auch solche Weise bringen
Wie grüner Waldhornklang."

Sie sprach's; ich stand erschrocken
Und wußte nicht ein Wort,
Da schüttelte sie die Locken
Und schwand ins Dickicht fort.
Noch glaubt' ich ihr Haar, das gelbe,
Zu sehn — da war's ein Strahl,
Der durch das Laubgewölbe
Wie zitternd Gold sich stahl.

Und wieder schrie der Häher,
Und wieder quoll die Flut;
Doch mir entzücktem Seher
War groß und still zu Muth.
Und zeihn sie mir's als Sünde:
Ich lasse dich dennoch nie,
O Fey der Waldesgründe,
O Sagenpoesie!

Dante.

Einsam durch Verona's Gassen wandelt' einst der große Dante,
Jener Florentiner Dichter, den sein Vaterland verbannte.

Da vernahm er, wie ein Mädchen, das ihn sah vorüberschreiten,
Also sprach zur jüngern Schwester, welche saß an ihrer Seiten:

„Siehe, das ist jener Dante, der zur Höll' hinabgestiegen.
Merke nur, wie Zorn und Schwermuth auf der düstern
Stirn ihm liegen!

Denn in jener Stadt der Qualen mußt' er solche Dinge schauen,
Daß zu lächeln nimmer wieder er vermag vor innerm Grauen."

Aber Dante, der es hörte, wandte sich und brach sein Schweigen:
„Um das Lächeln zu verlernen, braucht's nicht dort hinabzusteigen.

Allen Schmerz, den ich gesungen, all die Qualen, Gräu'l
und Wunden
Hab' ich schon auf dieser Erden, hab' ich in Florenz gefunden."

———————

Von des Kaisers Bart.

Am Schank zur goldnen Traube,
Da saßen im Monat Mai
In blühender Rosenlaube
Guter Gesellen drei.

Ein frischer Bursch war jeder,
Der Erst am Gurt das Horn,
Der Zweit' am Hut die Feder,
Der Dritte mit Koller und Sporn.

Es trug in funkelnden Kannen
Der Wirth den Wein auf den Tisch;
Lustige Reden sie spannen,
Und sangen und tranken frisch.

Da war auch Einer drunter,
Der grüne Jägersmann,
Vom Kaiser Rothbart munter
Zu sprechen hub er an:

„Ich habe den Herrn gesehen
Am Rebengestade des Rheins,
Zur Messe wollt' er gehen
Wohl in den Dom nach Mainz.

Das war ein Bild, der Alte,
Fürwahr von Kaiserart!
Bis auf die Brust ihm wallte
Der lange braune Bart."

Ins Wort fiel ihm der Zweite,
Der mit dem Federhut:
„Ei Bursch', bist du gescheidte?
Dein Märlein ist nicht gut.

Auch ich hab' ihn gesehen
Auf seiner Burg im Harz,
Am Söller thät er stehen,
Sein Bart, sein Bart war schwarz."

Da fuhr vom Sitz der Dritte!
Der Mann mit Koller und Sporn,
Und in der Zänker Mitte
Rief er in hellem Zorn:

„So geht mir doch zur Höllen,
Ihr Lügner! Glück zur Reis'! —
Ich sah den Kaiser zu Köllen,
Sein Bart war weiß, war weiß!"

Das gab ein grimmes Zanken
Um Weiß und Schwarz und Braun,
Es sprangen die Klingen, die blanken,
Und wurde scharf gehau'n.

Verschüttet aus der Kannen
Floß der vieledle Wein,
Blutige Tropfen rannen
Aus leichten Wunden drein.

Und als es kam zum Wandern,
Ging jeder in zornigem Muth,
Sah keiner nach dem andern,
Und waren sich jüngst so gut.

Ihr Brüder lernt das Eine
Aus dieser schlimmen Fahrt:
Zankt, wenn ihr sitzt beim Weine,
Nicht um des Kaisers Bart!

Welt und Einsamkeit.

O rühmet immerhin mir eure lauten Feste,
Zu denen man geschmückt mit prächt'gen Rappen fährt,
Wo stetes Lächeln kränzt die Stirnen aller Gäste,
Als sei der Tod nicht mehr und jedes Leib verklärt,
Wo Scherz und Lüsternheit sich in einander ranken,
So wie der üpp'ge Mohn dem Korn sich lobernd mischt,
Wo Alles blitzt und sprüht, Demanten und Gedanken,
Als gält's ein Feuerwerk, das vor bezahlten Schranken
Vielfarbig auf ins Dunkel zischt.

Und eure Bälle rühmt, wo man in Prunkgemächern
Mit duft'gem Eis euch kühlt und süßen Schaum kredenzt,
Wo reich ein bunt Gewirr von Federn, Blumen, Fächern,
Von Seid' und Goldgeschmeid' aus hundert Spiegeln glänzt,
Wo beim Trompetenklang und bei der Pauke Tosen
Der Reigen hold sich löst, und holder wieder schließt,
Und um der Schönheit Preis die stolzen Frauen loosen
Mit jenem weichen Schmelz, der wie ein Duft von Rosen
Um sechzehnjähr'ge Stirnen fließt.

Rühmt alles immerhin, die Pracht, das dunkle Feuer,
Das aus den Augen flammt, die man in Liedern preist,
Die Klugheit, die dies Meer befährt mit sicherm Steuer,
Den leichtbewegten, ach, so oft mißbrauchten Geist;

Rühmt mir den Ambraduft der hohen Teppichzimmer,
Den Silberschmuck, der Glanz der würz'gen Tafel leiht,
Den Wein, der wie Rubin erglüht im Kerzenschimmer,
Der Mädchen süß Geschwätz — ihr lockt, ihr lockt mich nimmer;
Ich wähle dich, o Einsamkeit.

Dich, hohe Zauberin, die wandelt in den Forsten,
Wo kaum ein fleckig Reh durchs Brombeerdickicht rauscht,
Die auf dem Inselfels von kahlen Geierhorsten
Dem ewiggleichen Schlag der Meereswoge lauscht;
Die ihren Wohnsitz hat auf Schlössern, längst verlassen,
Wo Epheulauben sich um Thor und Söller baun,
Und nur bei tiefer Nacht betritt der Städte Gassen,
Um Kirch' und Erkerthurm und düstre Giebelmassen
Im Mondenglanze zu beschaun.

Ich wähle dich, denn du hast mich im Schooß getragen,
Da ich, ein Knabe noch, in Haid' und Tann geschweift;
Hast mich das erste Lied gelehrt in frühen Tagen,
Und dann in schwerer Zeit zum Manne mich gereift.
Und wollte mir das Herz vergehn in Angst und Wehe,
Nie kehrt' ich heim von dir, daß ich nicht Trost gefühlt;
Empfinden ließest du mich meines Gottes Nähe
Wie einen Frühlingshauch, der, ob ich ihn nicht sehe,
Mir doch die heiße Stirne kühlt.

Du warst es, göttlich Weib, die mir von alten Zeiten,
Von Hellas Glanz erzählt an Suniums Klippenstrand,

Wenn ich, den Blick gelehrt zu blauen Meeresweiten,
Dort an des Tempelbau's verwaisten Säulen stand.
Die rothe Distel wuchs umher am schroffen Hügel,
Um Schutt und Trümmer kroch ein sonnverbranut Gerank
Ein Aar vom Tayget schwang über mir die Flügel,
Indeß mein türkisch Roß mit blankem Schaufelblügel
Aus einem Marmorknaufe trank.

Und o wie wehte sanft dein Hauch durch meine Träume,
Als ich im Waldgebirg an Hessens Marken lag!
Spätsommer war's, ein Duft von Harz durchzog die Bäume,
Aus fernem Grund herauf erscholl des Beiles Schlag;
Ich sah, wie still und schlaff der Eiche Blätter hingen,
Kein Lüftchen! Selbst der Zweig der Espe hatte Ruh;
Und plötzlich dann im Laub ein Rauschen und ein Klingen,
Es kam der Wind: mir war's, als trügen seine Schwingen
Auf dein Geheiß Gesang mir zu.

Fürwahr, du bleibst getreu. Mag alle Welt mir grollen,
Ich flüchte mich zu dir, du hältst mich stark und fest;
Du lehrst mich das Panier der Schönheit hoch entrollen,
Ja, Muse bist du mir, wenn mich die Liebe läßt.
So laß denn fern am Strand, im Wald, auf Burgruinen
All deinen Märchenreiz verströmen in mein Lied,
So wie zur Sommerzeit, sobald die Nacht erscheinen,
Der Nelken Duft, vermischt dem Dufte der Jasminen,
Die laue Finsterniß durchzieht.

Meiden.

Es schleicht ein zehrend Feuer
Durch mein Gebein;
Mein Schatt' ist mir nicht treuer,
Wie diese Pein.
Ich höre die Stunden ziehen
Trüben Gesichts;
Sie kommen, weilen, fliehen —
Und ändern nichts.

Der Sommer kommt gegangen,
Mir ist's wie Traum;
Am Busch Wildröslein hangen,
Ich acht' es kaum.
Es schlagen die Nachtigallen
In Wald und Plan,
Laß schallen, laß verhallen!
Was geht's mich an?

Ich fühle nur das Eine
In meinem Sinn:
Daß ich von dir, du Reine,
Geschieden bin.
Mein Schatt' ist mir nicht treuer,
Wie diese Pein;
Und zehrend schleicht das Feuer
Durch mein Gebein.

Im Herbste.

Auf des Gartens Mauerzinne
Bebt noch eine einz'ge Ranke;
Also bebt in meinem Sinne
Schmerzlich nur noch Ein Gedanke.

Kaum vermag ich ihn zu fassen,
Aber dennoch von mir lassen
Will er, ach, zu keiner Frist;
Und so denk ich ihn, und trage
Alle Nächte, alle Tage
Mit mir fort die dumpfe Klage,
Daß du mir verloren bist.

Wuth.

O Herz, laß ab zu zagen,
Und von dir wirf das Joch!
Du haft so viel getragen,
Du trägst auch dieses noch.

Tritt auf in blanken Waffen,
Mein Geist, und werde frei!
Es gilt noch mehr zu schaffen,
Als einen Liebesmai.

Und ob die Brust auch blutet,
Nur vorwärts in die Bahn!
Du weißt, am vollsten flutet
Gesang dem wunden Schwan.

Im Grafenschlosse.

I.

Sie waren alle in den Forst hinaus,
Den Hirsch mit Büchs' und Messer zu erlegen;
Ich saß allein im alten Grafenhaus
Und harrt' im Saal der Jägerschaar entgegen.
Ein fahles Spätroth floß gedämpften Lichts
Auf Wänd' und Hausrath durch die engen Scheiben;
Rings Todtenstill' umher! Ich hörte nichts,
Als vorn im Hof den Zugwind in den Eiben.

Die Spiegel rings, in dumpfes Gold gefaßt,
Das Laubwerk am Gesims, einst vielbewundert,
Die düstern Sammttapeten, halb verblaßt,
Mich mahnt' es an ein anderes Jahrhundert.
Die Spieluhr sang ein Lied aus alter Zeit,
Ein Liebeslied — jetzt lange schon vergessen —
Da dacht' ich derer, die in Lust und Leid
Bei diesem Stückchen horchend einst gesessen.

Und mit Gestalten füllt' ich mir den Saal,
Die dunkeln Bilder rief ich aus den Rahmen;
Hin durch die Dämm'rung schwebten sie zumal
Im Festesputz die alten Herrn und Damen.

Ich sah den Reifrock, das Brocatgewand;
Das war ein hastig flüsterndes Bewegen,
Ein Drehn! — Da fühlt' ich plötzlich eine Hand
Sich kalt wie Eis auf meine Schulter legen.

Ich wandte mich — bei Gott, das war kein Wahn! —
Da stand ein Weib mit Zügen bleich und steinern,
Mit schwarzverschoss'nem Schleppkleid angethan,
Draus ihre Hand hervorsah elfenbeinern.
Sie sah mich an — O dieser Blick voll Leid!
O dieses Auges halberloschnes Strahlen!
Mir war's, als starrt' ich in die Ewigkeit
Und in den Abgrund bodenloser Qualen.

Sie winkt' und schritt. Nicht hört' ich ihren Fuß,
Nicht ihrer Schleppe Saum den Teppich rühren.
Sie sprach kein Wort, sie sagte keinen Gruß;
Sie winkt', und tonlos sprangen auf die Thüren.
Ich folgte stumm. Sie schwebte vor mir her
Durch Prunkgemächer, Treppen auf und nieder,
Durch Gänge dann und Säle wüst und leer —
Sie schritt, und sah sich um und winkte wieder.

Zum Erkerthurm! Es war ein eng Gemach,
Gewölbt und dumpfig, eine düstre Stätte;
Ein Tischchen hier, drauf alter Goldschmuck lag,
Und hoch und faltig dort ein Himmelbette.

Dort stand sie still, und wies mit weißer Hand
Erst auf den Tisch, dann auf die staub'gen Dielen;
Ich beugte mich — o Gott, mein Sinnen schwand —
Ein Blutfleck war's, worauf die Blicke fielen.

Und schaudernd sah ich auf. Da war sie fort,
Wie Nebel in die leere Luft verschweben;
Ich aber stand gebannt am grausen Ort,
Und starrt' und wagte nicht den Fuß zu heben.
Mein Athem flog, mein Blut gefror zu Eis,
Da — Gott sei Dank — da hört' ich Hornfanfaren,
Gebell und Hufschlag; und in kaltem Schweiß
Stürzt' ich hinunter zu den Jägerschaaren.

II.

Die Nacht war wild. Wir saßen am Kamin,
Der Kastellan und ich, noch spät beisammen;
Wir hörten, wie vom Thurm die Dohlen schrien,
Und dann den Sturm, und schürten in den Flammen.
Da litt mich's nicht, ich mußt' es ihm gestehn,
Das düstere Geheimniß, das mich quälte;
Er sagte nur: So habt ihr's auch gesehn?
Und athmend horcht' ich, als er drauf erzählte:

„Sie war ein stolzes Weib, reich, schön und kalt,
Als Kind vermählt dem ungeliebten Gatten,
Von starrem Sinn, wo's Ehr' und Wappen galt,
An ihrem Rufe duldend keinen Schatten.
Ihr Auge gab Gebot dem Dienertroß;
Weh jedem, dem es finster Zorn geflammet!
Sie sang und lachte nie, sie zäumt' ihr Roß,
Und ritt zu Wald im knappen Kleid von Sammet.

Ihr einzig Töchterlein war milder Art,
Voll frommen Sinns sich um die Mutter mühend;
In strenger Hut erwuchs sie hold und zart
Wie ein Waldröslein unter Dornen glühend.

Geibel, Gedichte.   20

Ihr Haar war fließend Gold im Sommerwind,
Ihr Auge blau wie Blumen in den Aehren —
Mein Aeltervater sah sie noch als Kind,
Und nannt' er sie, so war es oft mit Zähren.

Da kam ein junger Mann ins Grafenschloß,
Und anders plötzlich ward des Mädchens Wesen;
Bald war's ihr Glück, wenn sanft die Red' ihm floß,
Im dunkeln Räthsel seines Blicks zu lesen.
Sie liebt' und schwieg. Doch als im Mondenlauf
Der Lenz erschien und Veilchen weckt und Blüten,
Da ging die Blüt' auch ihres Herzens auf.
Sie liebt' und fiel. — Wer mag die Liebe hüten?

Stumm war der Gräfin Zorn, doch war er schwer.
Der Jüngling bat, die Tochter rang die Hände,
Umsonst! — da stürzt' er fort, auf's Roß, zum Heer,
Von Schlacht zu Schlacht, und niemand weiß sein Ende.
Doch als im Herbst am Fels die Traube schwoll,
Verschwand das Mädchen in des Thurms Portale;
Dort floß ihr Leben still geheimnißvoll,
Ein dunkler Bach in sonnenlosem Thale.

Und Winter ward's. Da, einst im Dämmerstrahl
Ging heimlich Flüstern in den nahen Zimmern,
Ein dumpfes Stöhnen, dann ein Schrei der Qual,
Und drauf ein Laut wie eines Säuglings Wimmern.

Dann schwieg's. Die Gräfin trat aus dem Kloset
Bleich wie der Tod. — O fragt nicht, was geschehen!
Die goldne Nadel auf dem Tisch am Bett,
Den Fleck am Boden habt ihr selbst gesehen.

Die Tochter siecht' und starb. In düstrer Pracht
Hielt ihr Begängniß man nach alter Weise:
Die Silberampeln flammten durch die Nacht,
Die Glocke scholl, schwarz stand das Volk im Kreise,
Da trat die Mutter vor, ein steinern Bild,
Ihr Auge brannte hohl, ihr Fußtritt irrte;
Sie legte auf des Sarges Wappenschild
Mit schwanker Hand die jungfräuliche Myrte.

Ein Jahr verging, und wieder floß ein Zug
Zur Gruft, im Fackelschein, im düsterrothen;
Die Gräfin war's, die man zur Ruhe trug,
Doch Ruhe fand sie keine bei den Todten.
Denn wenn mit ihrem fahlen Dämmerschein
Im Spätjahr kommt die Zeit der Abendmette,
Da ruft der Blutfleck sie empor vom Schrein,
Und wandeln muß sie zu der Schauerstätte."

Der Alte schwieg. Kaum wagt' ich aufzusehn
Vom Feuerbrand, in den ich stumm geschauet;
Mir war's, sie müßte wieder vor uns stehn
Mit jenem Blick, davor der Seele grauet.

Da plötzlich draußen schwoll der Sturm mit Macht,
Es pfiff im Rauchfang, rauscht' in den Tapeten;
Zur Kerze griff ich: Alter, gute Nacht!
Laßt uns, für die verlorne Seele beten!

Der Einsiedler.

Wie ward mir das Gewühle
Der Welt doch gar zur Last!
Es rauscht der Wald so kühle,
Und lockt zu süßer Rast.
Fahrt wohl denn ihr Beschwerden,
Fahr' wohl o Lust der Erden!
Ein Siedler will ich werden,
Der Wildniß stiller Gast.

Mein Wamms von Purpursammet,
Ich muß dich von mir thun;
Mein Schwert, hast ausgeflammet,
Ein Grabscheit wirst du nun.
Fleuch auf, mein Falk, mit Schalle!
Trab heim, mein Roß, zum Stalle!
Der Goldsporn bricht, ich walle
Fortan auf Sandelschuh'n.

Ich will ein Haus mir bauen
Hier zwischen Eich' und Tann
Aus Stämmen unbehauen,
Mit Moos und Flechten dran;

Ein Kreuzlein will ich schneiden
Aus jenen Hängeweiden,
Und mich in Felle kleiden,
Wie weiland Sankt Johann.

Im hohlen Baum die Waben,
Sie reichen Honig dar;
Nach Wurzeln kann ich graben
Die längste Zeit im Jahr;
Und dort von fels'ger Schwelle
Hüpft braun herab die Quelle,
Wie schimmert ihre Welle
In hohler Hand so klar!

Ein Gärtlein soll umhegen
Die dunkle Siedelei,
Drin will ich Rosen pflegen
Und Rosmarin dabei;
Will aus dem Born sie tränken,
Und wenn sie welk sich senken,
Im Herzen still gedenken,
Daß Lieb' ein Schatten sei.

Und kommt zu meiner Zellen
Ein Reh die grüne Bahn,
Das wähl' ich zum Gesellen,
Und zieh' es treu heran;

Auf meinem Bett von Ranken
Da ruh' es seine Flanken;
Es wird mir besser danken,
Als je ein Mensch gethan.

So will ich Umgang pflegen,
Mit Rosen, Reh und Hain,
Gegrüßt auf meinen Wegen
Vom Sonnenstrahl allein;
Und jeden Abend treten
Will ich zum Kreuz und beten
Den Einen Spruch, den steten:
„Herr, nimm zu dir mich ein!"

Und so mich Gott erhöret,
Da sei der Forst mein Grab,
Wo mich kein Reigen störet,
Und keines Rosses Trab.
Wildrößlein, roth' und bleiche,
Bestatten fromm die Leiche,
Es singt von dunkler Eiche
Die Nachtigall herab.

Gesicht im Walde.

Ich hatte mich verirrt im tiefsten Wald.
Schwarz war die Nacht, unheimlich troff der Regen,
Der Sturm ging in den Wipfeln wild und kalt.

Da sah ich plötzlich unfern meinen Wegen
Durch's feuchte Laub glutrothe Funken sprühn,
Und Hammerschläge dröhnten mir entgegen.

Durch Dornen und durch Buschwerk drang ich kühn;
Und bald gewahrt' ich, rings vom Wald umfangen,
In hoher Hall'.ein Schmiedesfeuer glühn.

Drei Riesen waren's, die die Hämmer schwangen,
Berußt, die Augen nur auf's Werk gekehrt,
Dazu sie schauerliche Weisen sangen.

Sie schmiedeten an einem großen Schwert;
Zweischneidig war's, der Griff als Kreuz gestaltet,
Die Kling' ein Strahl, der züngelnd niederfährt.

Und einer sang in Tönen fast veraltet,
Doch also tief, wie wenn emporgeschwellt
Der mächt'ge Hauch in dumpfer Orgel waltet:

„Es rührt im Birnbaum auf dem Walserfeld
Sich schon der Saft, und seinem Volk zum Heile
Erscheinen wird der langersehnte Held.

Drum rüstig mit dem Hammer, mit der Feile!
Das Schwert, das Königsschwert muß fertig sein,
Und unser Werk hat Eile, Eile, Eile!"

Er schwieg, und singend fiel der Zweite ein,
Mit einer Stimm', als wollt' er aus den Grüften
Mit Erzposaunenschall die Todten schrei'n:

„Es hat zu Nacht gedonnert in den Klüften
Des alten Bergs, den man Kyffhäuser heißt,
Und einen Adler sah ich in den Lüften.

Wie Sturmesrauschen klingt es, wenn er kreis't,
In seinen Fängen trägt er Blitzeskeile;
Die Rabenbrut entflieht, wo er sich weis't.

Drum rüstig mit dem Hammer, mit der Feile!
Zur rechten Stunde sei das Werk gethan;
Das Kreuzesschwert hat Eile, Eile, Eile!"

Und tief einfallend hub der Dritte an,
Das scholl, wie unterird'sche Donner grollen,
Wenn sich die Lava rühret im Vulkan:

„Die Zeit ist schwanger, aus den dürren Schollen
Wird eisern aufgehn eine Kriegersaat;
Sein rothes Banner wird der Kampf entrollen.

Drum schreiten hohe Geister früh und spat
Durch's deutsche Land und pochen an die Thüren,
Und mahnen laut: der Tag des Schicksals naht!

Viel eitles Blendwerk wird der Feind erküren,
Mit Lächeln locken, dräun mit Blitzgeschoß:
O lasse keiner dann sein Herz verführen!

Denn Füße nur von Thon hat der Koloß,
Und stürzen wird er über kurze Weile,
Im Fall begrabend seiner Knechte Troß.

Drum rüstig mit dem Hammer, mit der Feile!
Ihr Bälge blas't, ihr Funken sprüht empor!
Das Schwert des Siegs hat Eile, Eile, Eile!"

So sangen sie. Dann schwieg der dumpfe Chor;
In kaltem Schauer bebten meine Glieder,
Doch wagt' ich nicht mich in der Halle Thor.

Zurück ins schwarze Dickicht floh ich wieder,
Und sah verlöschen bald der Flamme Licht,
Nur bang im Haupt noch summten mir die Lieder.

Kaum weiß ich jetzt, war's Traumbild, war's Gesicht?
Doch mahnt es, daß auch wir das Schwert bereiten,
Das Schwert des Geistes, welches nie zerbricht.

Wachet und betet! Schwer sind diese Zeiten.

Lied.

Ich habe wohl in jungen Tagen
Mich stark in mir geglaubt und fest,
Und keck der Sorgen mich entschlagen,
Sah ich den Vogel bau'n sein Nest.
Doch kommt die Zeit, wo auch den Sänger
Die Sehnsucht fasset bang und bänger,
Und wo das müde Herz nicht länger
Sich um sein Recht betrügen läßt.

Nun blüht um mich das Land der Reben,
Und Burgen winken über'm Rhein;
Mich trägt der Kahn mit leisem Schweben
Das Thal entlang im Abendschein.
Der Festtag ruft mit hellen Geigen,
Die Winzer von den Felsensteigen,
Der Becher schäumt, es klingt der Reigen;
Was kümmert's mich? — ich bin allein.

O dürft' ich nicht mehr suchend schweifen
Von Ort zu Ort, ein fremder Gast!
Dürft' ich mein stilles Theil ergreifen,
Mein Theil der Lust, mein Theil der Last!
Schlüg' endlich mir ein Herz entgegen,
Die heißen Schläfe dran zu legen!
Denn nur von innen kommt der Segen,
Und nur die Liebe bringet Rast.

Sanssouci.

Dies ist der Königspark. Rings Bäume, Blumen, Vasen;
Sieh, wie ins Muschelhorn die Steintritonen blasen!
Die Nymphe spiegelt klar sich in des Beckens Schooß:
Sieh hier der Flora Bild in hoher Rosen Mitten,
Die Laubengänge sieh, so regelrecht geschnitten,
Als wären's Verse Boileau's.

Vorbei am luft'gen Haus voll fremder Vögelstimmen
Laß uns den Hang empor zu den Terrassen klimmen,
Die der Orange Wuchs umkränzt mit falbem Grün!
Dort oben ragt, wo frisch sich Tann' und Buche mischen,
Das schmucklos heitre Schloß mit breiten Fensternischen,
Darin des Abends Feuer glühn.

Dort lehnt ein Mann im Stuhl; sein Haupt ist vorgesunken,
Sein blaues Auge sinnt, und oft in hellen Funken
Entzündet sich's; so sprüht aus dunkler Luft ein Blitz.
Ein dreigespitzter Hut bedeckt der Schläfe Weichen,
Sein Krückstock irrt im Sand und schreibt verworr'ne
Zeichen —
Nicht irrst du, das ist König Fritz.

Er sitzt und sinnt und schreibt. Kannst du sein Brüten deuten?
Denkt er an Kunersdorf, an Roßbach oder Leuthen,
An Hochkirchs Nacht, durchglüht von Flammen hundertfach?
Wie dort im rothen Qualm gegrollt die Feldkanonen,
Indeß die Reiterei mit rasselnden Schwadronen
Der Grenadiere Viereck brach.

Schwebt ein Gesetz ihm vor, mit dem er weis' und milde
Sein schlachterstarktes Volk zu schöner Menschheit bilde,
Ein Friedensgruß, wo jüngst die Kriegespauke scholl?
Ersinnt er einen Reim, der seinen Sieg verkläre,
Oder ein Epigramm, mit dem bei Tisch Voltaire,
Der Schalk, gezüchtigt werden soll?

Vielleicht auch treten ihm die Bilder nah, die alten,
Da er im Mondenlicht in seines Schlafrocks Falten
Die sanfte Flöt' ergriff, des Vaters Aergerniß;
Des treuen Freundes Geist will er heraufbeschwören,
Dem — ach, um ihn — das Blei aus sieben Feuerröhren
Die kühne Jünglingsbrust zerriß.

Träumt in die Zukunft er? Zeigt ihm den immer vollern,
Den immer kühnern Flug des Aars von Hohenzollern,
Der schon den Doppelaar gebändigt, ein Gesicht?
Gedenkt er, wie dereinst ganz Deutschland hoffend lausche
Und bangend, wenn daher sein schwarzer Fittich rausche? —
O nein, das Alles ist es nicht.

Er murrt: „O Schmerz, als Held gesandt sein einem Volke,
Dem nie der Muse Bild erschien auf goldner Wolke!
August sein auf dem Thron, wenn kein Horaz ihm singt!
Was hilft's, vom fremden Schwan die weißen Federn borgen!
Und doch, was bleibt uns sonst? — Erschein', erschein',
                      o Morgen,
Der uns den Götterliebling bringt!"

Er spricht's, und ahnet nicht, daß jene Morgenröthe
Den Horizont schon küßt, daß schon der junge Goethe
Mit seiner Rechten fast den vollen Kranz berührt,
Er, der das scheue Kind, noch roth von süßem Schrecken,
Die deutsche Poesie aus welschen Taxushecken
Zum freien Dichterwalde führt.

Barbaroſſa's Erwachen.

Jüngling.

Durch den Wald, durch den Wald,
Den Felſenſpalt
Klimm' ich hinunter,
Alter Kaiſer, zu dir,
Und rufe dich munter.
O nimm von mir
Die Laſt, den Kummer!

Kaiſer.

Was ſtörſt du mich aus hundertjähr'gem Schlummer?
Rede, Geſelle!

Jüngling.

Draußen toſet die Brandung der Zeit.
Sie warf mich wie die ſterbende Welle
Hier aus in deine Einſamkeit.
O, eh' ich mich wieder hinunterwage,
Sag' wie ich's trage!
Gieb Rath, gieb Weisheit!

Kaiſer.

Was fandeſt du?

Jüngling.

Nirgends Ruh!
Ueberall ein Stürmen, ein Drängen
In den Herzen, in den Gesängen.
Nirgends mehr ein sicheres Bildniß,
Alle Farben fließend verwischt,
Und in sündlicher Wildniß
Nacht und Klarheit,
Lüg' und Wahrheit,
Recht und Frevel zusammengemischt.

Kaiser.

Und im Volke die Alten?

Jüngling.

Die stützen und halten,
Halten das Gute, halten das Schlimme.
Sie hören nicht die Gottesstimme,
Die nächtlich durch das Land sich schwingt,
Und leise lockend, leise
Wie eine Frühlingsweise
Von einer reichen Zukunft singt.
Der Lenz ist ihnen zu grün,
Zu hell die Sonne,
Der Jugend schwellende Wonne
Zu stolz, zu kühn.
Sie zertrümmern feindlich die Flasche
Voll feurig gährenden Weins,
Und wissen nur Eins:
Die Flamm' ist gefährlicher als die Asche.

Kaiser.

Aber die Jungen?

Jüngling.

Die schelten und meistern mit kecken Zungen:
Nichts ist ihnen recht,
Alles soll anders werden
Im Himmel und auf Erden,
Und wer nicht mitschreit, heißt ein Knecht.
Sie möchten das Höchste zu unterst kehren,
Um selbst zu herrschen nach eignem Begehren.
Der Glaub' ist ihnen ein Fastnachtsscherz,
Eine Thorheit das Herz.
Ach, und so viele
Treiben's zum Spiele!
Nach Freiheit rufen sie männiglich,
Und sind der eigenen Lüste Knechte;
Sie reden vom ewigen Menschenrechte,
Und meinen doch nur ihr kleines Ich.
Sie wollen der Wahrheit Schlachten schlagen,
Und die Lüg' ist ihr Schwert,
Wollen die Welt auf den Schultern tragen
Und ordnen kaum den eignen Herd.

Kaiser.

Thoren! Sie schießen nach den Sternen,
Doch sie werden das Treffen nicht lernen.
Die Welten wandeln ihren Gang
Ruhig entlang,
Und lächeln auf die Knaben herunter.

Jüngling.

Aber es sind auch andre drunter,
Ein welsch ehrenwerth Geschlecht;
Sie klagen um zertretnes Recht.
Sie haben geredet, gerufen
Vor den Hallen, an den Stufen,
Sie haben geläutet unverdrossen
Im Trauergewand, in der Flehenden Kleid,
Aber es blieb vor ihnen verschlossen
Die Pforte der Gerechtigkeit.
Gilt es nicht da, das Schwert zu schleifen?

Kaiser.

Laß reifen, laß reifen!
Tändle nicht mit tödtlichen Waffen!
Im Alles verwettenden Spiele
Was magst du schaffen?
Denn wenn der Würfel nun anders fiele,
Als du gedacht?
Wenn unter des Fremdlings Sichelschneide
Die junge Saat hinsänke mit Leide,
Kaum zur grünen Hoffnung erwacht?
Harre, doch sei nicht angstbeklommen.
Der Lenz wird kommen
Plötzlich geboren über Nacht.

Jüngling.

Wie lange wird er noch verziehn
Oft will die Last mich niederpressen —

Kaiser.

Wirf deine Sorgen all' auf ihn,
Der droben auf ewigem Stuhl ist gesessen!
Er hat auch euer nicht vergessen.
Die Stunde kennt er, die Wege.
Du aber pflege
Der Gabe, die er dir gnädig beschied,
In That und Lied.
Schaue fest auf das Ziel deiner Reise!
Der ist der Weise,
Der es nimmer vergaß;
Wirke treu im befriedeten Kreise,
Und halte Maß.

Minnelied.

Es giebt wohl Manches, was entzücket,
Es giebt wohl Vieles, was gefällt;
Der Mai, der sich mit Blumen schmücket,
Die güldne Sonn' im blauen Zelt.
Doch weiß ich Eins, das schafft mehr Wonne,
Als jeder Glanz der Morgensonne,
Als Rosenblüt' und Lilienreis;
Das ist getreu im tiefsten Sinne
Zu tragen eine fromme Minne,
Davon nur Gott im Himmel weiß.

Wem er ein solches Gut beschieden,
Der freue sich und sei getrost!
Ihm ward ein wunderbarer Frieden,
Wie wild des Lebens Brandung tost.
Mag alles Leiden auf ihn schlagen:
Sie lehrt ihn nimmermehr verzagen,
Sie ist ihm Hort und sichrer Thurm;
Sie bleibt im Labyrinth der Schmerzen
Die Fackelträgerin dem Herzen,
Bleibt Lenz im Winter, Ruh im Sturm.

Doch suchst umsonst auf irrem Pfade
Die Liebe du im Drang der Welt;
Denn Lieb' ist Wunder, Lieb' ist Gnade,
Die wie der Thau vom Himmel fällt.
Sie kommt wie Nelkenduft im Winde,
Sie kommt, wie durch die Nacht gelinde
Aus Wolken fließt des Mondes Schein;
Da gilt kein Ringen, kein Verlangen,
In Demuth magst du sie empfangen,
Als kehrt' ein Engel bei dir ein.

Und mit ihr kommt ein Bangen, Zagen,
Ein Träumen aller Welt versteckt;
Mit Freuden mußt du Leide tragen,
Bis aus dem Leid ihr Kuß dich weckt;
Dann ist dein Leben ein geweihtes,
In deinem Wesen blüht ein zweites,
Ein reineres voll Licht und Ruh;
Und todesfroh in raschem Fluten
Fühlst du das eigne Ich verbluten,
Weil du nur wohnen magst im Du.

Das ist die köstlichste der Gaben,
Die Gott dem Menschenherzen giebt,
Die eitle Selbstsucht zu begraben,
Indem die Seele glüht und liebt.
O süß Empfangen, sel'ges Geben!

O schönes Ineinanderweben!
Hier heißt Gewinn, was sonst Verlust.
Je mehr du schenkst, je froher scheinst du,
Je mehr du nimmst, je sel'ger weinst du —
O gieb das Herz aus deiner Brust!

In ihrem Auge deine Thränen,
Ihr Lächeln sanft um deinen Mund,
Und all dein Denken, Träumen, Sehnen,
Ob's dein, ob's ihr, dir ists nicht kund.
Wie wenn zwei Büsche sich verschlingen,
Aus denen junge Rosen springen,
Die weiß, die andern roth erglüht,
Und keiner merkt, aus wessen Zweigen
Die hellen und die dunkeln steigen:
So ist's; du fühlest nur: es blüht.

Es blüht; es ist ein Lenz tiefinnen,
Ein Geisteslenz für immerdar;
Du fühlst in dir die Ströme rinnen
Der ew'gen Jugend wunderbar.
Die Flammen, die in dir frohlocken,
Sind stärker als die Aschenflocken,
Mit denen Alter droht und Zeit;
Es leert umsonst der Tod den Köcher,
So trinkst du aus der Liebe Becher
Den süßen Wein: Unsterblichkeit.

Spät ist es — hinter dunkeln Gipfeln
Färbt golden sich der Wolken Flaum;
Tiefröthlich steigt aus Buchenwipfeln
Der Mond empor am Himmelssaum.
Der Wind fährt auf in Sprüngen, losen,
Und spielet mit den weißen Rosen,
Die rankend blühn am Fenster mir.
O säuselt, säuselt fort, ihr Lüfte,
Und tragt getaucht in Blumendüfte
Dies Lied und meinen Gruß zu ihr!

www.ingramcontent.com/pod-product-compliance
Lightning Source LLC
Chambersburg PA
CBHW031338070726
47496CB00017B/1279